Martina Wildner

Finsterer Sommer

Martina Wildner

Finsterer Sommer

Roman

GULLIVER
von BELTZ & Gelberg

Mit besonderem Dank an Frank! M. W.

MIX
Papier aus verantwortungsvollen Quellen
FSC® C089473

Dieses Buch ist erhältlich als:
ISBN 978-3-407-74909-3 Print
ISBN 978-3-407-74665-8 E-Book (EPUB)

Werderstraße 10, 69469 Weinheim

Lektorat: Frank Griesheimer
Neue Rechtschreibung
Einbandgestaltung: Franziska Walther
Gesamtherstellung: Beltz Bad Langensalza GmbH, Bad Langensalza
Printed in Germany
1 2 3 4 5 21 20 19 18 17

Weitere Informationen zu unseren Autoren und Titeln finden Sie unter: www.beltz.de

Wichtige Personen

Konrad Mayerhöfer:
13 Jahre, viel zu groß und viel zu ungeschickt. Ein Meister der Fehlschlüsse, jedoch nicht fantasielos.

Lisbeth Jost:
13 Jahre, Konrads Cousine. Weiß alles, kann alles, ist aber irgendwie arm dran.

Anja Mayerhöfer:
Konrads Mutter, über 40, Unterwäsche-Designerin. Wollte aus zunächst unerfindlichen Gründen genau diesen Urlaub.

Christian Mayerhöfer:
Konrads Vater, auch über 40, Übersetzer mit Mathe-Physik-Trauma. Hält sich meist raus und liebt Jakobsmuscheln.

Simone Jost:
Lisbeths verstorbene Mutter, Anjas Schwester, Konrads Tante, Geschichtslehrerin. (War auch über 40.)

Hermann Jost:
Lisbeths Vater, über 40, Professor für Physik. Kommt so gut wie nicht vor.

Nick:
6 Jahre, lispelnder Nervzwerg aus dem Nachbarbungalow.

Elke:
Nicks Mutter, auch sie schon über 40, trägt Diamantsonnenbrillen und benutzt Aftersun-Lotions.

Marc:
Nicks Vater; klar: über 40. Aber: Ist er wirklich ein Agent aus Fulda?

Marjorie Cotin:
zur Abwechslung mal erst über 30, Joggerin, aber mysteriös bis zum Schluss.

Irina Solotowa & Percy Lee Silverman:
beide schon über 50, die Merde-Nachbarn, eventuell beim CIA oder Sluschba wneschnei raswedki.

Jean-Luc:
im besten Alter zum Verlieben, Rettungsschwimmer oder sauveteur = Bademeister.

Valérie Didier:
über 20, Surferin und mehr.

Gérard Vitrac:
über 90, einbeinig, traurig, rätselhaft.

Wichtige Orte

Der Bunker:
bald im Meer versunken, muschelbewachsen.

Die Ferienanlage:
ein bisschen lieblos, aber praktisch.

Der Pool:
beheizt, letzte Rettung nach kaltem Atlantikwasser und bei drohender Langeweile.

Das blaue Haus:
geschlagen mit falschem Namen und auch sonst nicht im besten Zustand.

Die Wohnanlage
Les Sables: Bausünde viel zu nah am Meer. Leer stehend. Wird hoffentlich bald abgerissen.

Das Wasserwachthäuschen:
Wirkungsbereich des schönsten Bademeisters Frankreichs.

Der Schubkarren/die Schubkarre:
Wie kann ein so unbedeutender Gegenstand so oft auftauchen?

Flut

Im Augenblick war der Bunker unsichtbar, denn das Meer bedeckte ihn völlig. Ich saß auf der Düne, dort, wo man eigentlich nicht sitzen durfte, und blickte in die Ferne.

Trotz des Nieselregens tummelten sich unten in den Wellen zwei Surfer, winzige Pünktchen im Vergleich zu dem riesigen Meer. Sie ritten auf den steilen Wellenbergen und verschwanden, wenn sie vom Brett fielen, im Meerschaum.

Lisbeth und ich hatten mal wieder gestritten, zum siebzehnten Mal innerhalb von vier Tagen, wie mir meine Mutter vorgerechnet hatte. Dabei konnte ich gar nichts dafür. Lisbeth war schuld.

Lisbeth war sowieso an allem schuld. Oder meine Mutter. Die hatte unbedingt am Atlantik Urlaub machen wollen. Und sie hatte auch vorgeschlagen, Lisbeth mitzunehmen. *Vorgeschlagen* ist dafür das falsche Wort: Sie hatte es befohlen.

Unten, an dem schmalen Stück Strand, das die Flut ließ, lief eine Joggerin vorbei. Ich sah ihr nach, bis sie im feinen Nebel der Gischt verblasste. Ich kannte die Frau schon. Sie lief eigentlich immer. Langsam wurde mir kalt.

Nicht dass der Atlantik nicht beeindruckend wäre. Er war groß und mächtig. Es gab tolle Wellen und coole Surfer. Die

Wellen, hatte Lisbeth gestern erklärt, seien hier deswegen so groß, weil sie so lange Anlauf nehmen könnten, 4000 Kilometer, von Neufundland bis hierher.

Aber es war eben seit Tagen nass und kalt und Wind wehte sowieso immer.

Plötzlich bellte ein Hund. Ich erschrak und wandte mich um. Eine schwarze Dogge kam auf mich zugerannt. Wie festgewachsen blieb ich sitzen und versuchte, den Hund nicht anzusehen. Das hatte ich mal gelesen: Hunden dürfe man auf keinen Fall in die Augen sehen, für sie sei das eine Aufforderung zum Kampf.

Die Dogge war riesig, ihr Fell glänzend und ihre Zunge zitterte. Sie bellte noch einmal.

»Coco!«

Der Hund blieb stehen und warf mir einen kurzen Blick zu. Dann wandte er den Kopf und blickte aufs Meer hinaus, dahin, wo normalerweise der Bunker zu sehen war. Dass er nicht da war, schien den Hund zu verwirren. Er knurrte, zuckte kurz mit dem Schwanz und kehrte dann um.

»Coco!«, hörte ich die Männerstimme noch einmal rufen.

Mein Herz klopfte und ich hatte ein schlechtes Gewissen. Man durfte die Düne nicht betreten, damit man die Pflanzen darauf nicht zerstörte. Die Düne war wichtig – und die Gewächse, obwohl sie ledrig und stabil wirkten, angeblich empfindlich.

Vorsichtig lugte ich durch das graugrüne Gras. Da unten, zwischen nadeligen Büschen, lief die Dogge. Sie rannte auf ihren Besitzer zu, ein blonder Mann mit Sonnenbrille, Polohemd und cremefarbener Anzughose. Er sah nicht aus wie ein Umweltschützer. Er sah aus wie ein Tourist. Nein, eigentlich auch nicht. Er sah aus wie ein Agent.

Ja, genau. Aber was hatte er vor? Um das herauszufinden – und auch, weil ich jetzt endgültig fror und mein Gewissen wegen der Düne immer schlechter wurde –, stand ich auf und folgte dem Mann mit der Dogge.

Hinter der Düne ließ der Wind sofort nach. Auch das Meeresrauschen wurde leiser. Man hörte wieder die normalen Geräusche, das Kindergeschrei von unserer Ferienanlage zum Beispiel.

Der Mann ging einen sandigen, schmalen Trampelpfad entlang. Immer wieder blieb er stehen und sah sich um. Schließlich bog er auf die nahe Küstenstraße ab.

Ich fand den Mann unsympathisch, warum, weiß ich nicht. Vielleicht lag es an seiner schmierigen Pilotenbrille oder an seiner noch schmierigeren cremeweißen Anzughose.

Jetzt ging er schneller. Ich folgte ihm im Abstand von etwa 50 Metern. Links der Küstenstraße stand dichter Pinienwald, rechts davon wuchsen Sträucher und nur noch vereinzelte Pinien. Immer wieder überholten mich Fahrradfahrer.

Wie weit er wohl hier gehen will?, überlegte ich. Die Küstenstraße führte schnurgerade kilometerlang Richtung Süden.

Aber da bog der Mann auch schon nach links in einen Waldweg ab. Ich folgte ihm vorsichtig. Bislang war es nicht aufgefallen, dass ich ihm nachging, aber auf diesem verlassenen Weg würde mich der Mann bemerken, wenn er sich umdrehte. Ich verbarg mich also hinter ein paar jungen Pinien und beobachtete, wie der Mann mit dem Hund auf einen dunklen BMW mit getönten Scheiben zuging, der schräg und sehr schief in den Straßengraben geparkt war. *FD* konnte ich auf dem Nummernschild lesen – und dann irgendwelche anderen Buchstaben und Zahlen. Ein deutsches Kennzeichen also! Das erstaunte mich. Irgendwie war ich mir sicher gewesen, der Mann sei Franzose. Nun stieg er in sein Auto, gab ziemlich Gas, um aus dem Graben herauszukommen, und fuhr mit ebenso viel Gas den Waldweg weiter. Pfützenwasser spritzte an beiden Seiten des Wagens hoch.

Ich blieb stehen und sah ihm nach. Die Dogge lugte aus dem Rückfenster. Dann gab ich *FD* in die Suchmaschine meines Smartphones ein. Aha. Der Mann kam aus Fulda. Ein Agent aus Fulda? Klang etwas lächerlich. Agenten kamen normalerweise aus London, Moskau oder New York. Doch Lisbeth hätte dazu gesagt: »Ich wäre mir da nicht so sicher. Ein richtig guter Agent kommt wahrscheinlich sogar ganz bestimmt aus Fulda!«

Aber Fulda hin oder her, Lisbeth widersprach sowieso immer. Ich war froh, dass sie mit meiner Mutter am Pool hockte und mich in Ruhe ließ.

Unsere Ferienanlage bestand aus einer Reihe von aneinanderhängenden Bungalows, die halbkreisförmig um einen Pool angeordnet waren. Neben dem Pool gab es eine Wiese mit Tischtennisplatte. Pool und Wiese waren von einer hohen Hecke umgeben. Die Terrassen der einzelnen Bungalows trennten kahle Betonwände. Insgesamt machte die Anlage einen etwas tristen Eindruck, aber sie erfüllte ihren Zweck, bei Regen ein Dach über dem Kopf zu haben. Und der Pool war gut – er war groß, tief und beheizt, und es gab dort nur eine einzige Regel: Große aufblasbare Gummitiere waren verboten. *Gonflages* hießen die Dinger auf Französisch. Ich mochte das Wort.

»Und? Hast du dich beruhigt?«, fragte mein Vater.

»Mmh.«

»Du weiß doch, wir müssen uns ein bisschen um Lisbeth kümmern.«

»Mmh«, brummte ich und blätterte gelangweilt in der Frauenzeitschrift meiner Mutter.

»Sollen wir Tischtennis spielen?«, fragte er.

Ja, wir langweilten uns ziemlich. Wir hatten schon das Städtchen in der Nähe besichtigt, wir waren auf einen Leuchtturm gestiegen und wir hatten in einer Spielhalle 50 Euro versenkt. Der merkwürdigste Ausflug war der zu einer Bunkeranlage an der Gironde-Mündung gewesen. Meine Mutter war anderthalb Stunden auf dem Gelände herumgerannt und hatte alles fotografiert, was mich ziemlich gewundert hatte, denn normalerweise interessierte sie sich nicht für Geschichte, sondern nur für die neueste Strandmode.

Mein Vater schnitt einen Ball fies an. »Der Bademeister – du weißt schon, der mit dem Pferdeschwanz – sagte, es sei Springflut.«

»Springflut?« Ich bekam den Ball gerade noch.

»Ja, Springflut. Bei der letzten sei sogar jemand ertrunken. Eine Frau. Am Bunker.«

»Uuh, echt?« Ich schlug den Ball ziemlich scharf zurück.

»Ja ... Mann, du erwischst aber auch alle Bälle.«

»Zu irgendwas müssen lange Arme ja auch gut sein. Was ist eine Springflut eigentlich?«

»Da ist die Flut höher als sonst. Hat was mit dem Mond zu tun. Weiß ich aber nicht genau.«

»Sieht man ihn deswegen nicht?«

»Wen?«

»Den Bunker.«

»Wieso?«

»Wegen der Springflut ... ich meine, man sieht ihn doch bei einer normalen Flut.«

»Kann sein«, sagte mein Vater und schmetterte den Ball mit aller Kraft. Er schoss über den Rand der Platte.

»Kommt davon«, sagte ich.

»Jedenfalls ist diese Frau«, erklärte mein Vater, während er den Ball aus der Hecke fischte, »irgendwie in den Bunker reingeraten und nicht mehr rausgekommen. Hörst du? Ihr dürft auf gar keinen Fall in den Bunker reinkriechen! Plötzlich überrascht euch die Flut und ihr kommt nicht mehr heraus.«

»Ich würde eh da nie reinkriechen«, antwortete ich. Es gab unter dem Bunker eine Art Hohlraum. Krabben und andere Untiere lebten in den Nischen.

»Na ja«, meinte mein Vater. »Spannend sind diese alten Dinger schon. Der Bademeister sagte, die Frau wäre nicht die

Erste, die dort in Schwierigkeiten geraten ist. Er sagt, der Bunker ziehe die Leute an wie ein Haufen Mist die Fliegen.«

In der Nacht konnte ich nicht schlafen. Immerzu dachte an die ertrunkene Frau. Dabei waren Ertrunkene im Atlantik nichts Besonderes. Doch irgendetwas daran beunruhigte mich. War es die Vorstellung, unter Wasser festzuklemmen? Oder lag es am Bunker selbst, einfach weil so ein Bunker an sich schon unheimlich war? Aber was hatte die Frau dort gewollt? Oder war es ein ganz normaler Badeunfall gewesen? Und was hatte der Bademeister mit dem Bunker, dem Misthaufen und den Fliegen gemeint?

Durch den Vollmond war es in unserem kleinen Schlafzimmer sehr hell. Lisbeth lag eingerollt nach rechts gedreht. Lisbeth sah winzig aus, wie sie da so lag.

Ich war das Gegenteil von winzig. Ich war zu groß und ungelenk und hatte so lange, dünne Arme und Beine, dass sie sich eher verknoteten, als dass sie taten, was sie sollten.

Wir waren am Pool gewesen, gestern. Lisbeth hatte wieder ihre Kunststückchen vorgeführt. Sie konnte ja jeden Quatsch; Rückwärtskopfsprung von der Beckenkante oder auf Händen laufen. Lisbeth, das Wunderkind, spielte Klarinette und hatte die Mathe-Olympiade in ihrer Altersklasse gewonnen. Salto machte sie so nebenbei. Sie konnte auch die französischen Tageszeitungen lesen und die Spülmaschine in 3 Minuten und 44 Sekunden ausräumen.

Lisbeth spazierte also mal wieder auf Händen herum und ließ sich dann mit einer Art Überschlag in den Pool fallen. Das fanden natürlich alle toll, vor allem Nick, ein lispelnder Junge aus einem Nachbarbungalow, und seine fürchterliche Mutter Elke mit ihrer Diamantsonnenbrille.

»Nicki, das lernst du auch!«, rief sie begeistert.

Klar, dachte ich. Nick war sechs und konnte gerade mal schwimmen. Aber Elke war vom Turntalent ihres Sohnes sehr überzeugt. Nick sollte Handstandüberschlag ins Wasser lernen und Lisbeth sollte ihm dabei helfen.

»Ift nich schwer«, sagte Nick, nachdem er wieder aufgetaucht war. Ich lag gemütlich in meinem Liegestuhl.

»Das kannst du auch«, sagte da plötzlich Elke an mich gewandt.

»Nö«, antwortete ich. Ich wollte so was überhaupt nicht können.

»Du hast doch so eine begabte Schwester!«

Dass Lisbeth meine Cousine war, kapierte die einfach nicht. Aber trotzdem konnte ich das nicht auf mir sitzen lassen.

Ich sagte zu Lisbeth: »Na gut, aber du musst mich halten.«

Lisbeth sagte »Ja, ja«, aber »Ja, ja«, das hätte ich eigentlich wissen müssen, war nie gut.

Ich setzte also zum Handstand an, kam jedoch nicht hoch. Lisbeth zog mich an meinen langen Beinen nach oben.

»Aaahrg«, machte ich und zappelte. Lisbeth konnte mich nicht mehr halten und ließ los. Ich fiel schief und krumm ins Wasser und landete natürlich voll auf dem Rücken.

Als ich auftauchte, lachte Nick laut, und seine Mutter hielt ihm das Display des Fotoapparats hin. »Nein, das war ja ein Bild für die Götter!«, rief sie.

»'tschuldigung«, murmelte Lisbeth, doch es war zu spät. Ich war schon aus dem Becken und trat sie mit dem Fuß in den Hintern ins Wasser.

»Du blöde Angeberin!«, brüllte ich.

Genau in dem Augenblick kam meine Mutter. Sie packte mich am Unterarm und schnauzte mich an: »Was fällt dir ein? Du kannst doch Lisbeth nicht einfach ins Wasser treten!«

»Doch, kann ich!«, schnauzte ich zurück, wollte mich losmachen und verhedderte mich in meinen eigenen Armen. Das machte mich noch wütender. Zu nichts waren sie zu gebrauchen, diese Arme. Die Finger meiner Mutter waren hart wie ein Schraubstock und kalt wie Stahl. Wir froren ja ständig, hier am Atlantik.

»Rücksicht ist wohl ein Fremdwort für dich!«, blökte sie.

»War ja nicht meine Idee, diese grässliche Tussi mitzunehmen! Der ganze Urlaub ist versaut!«

»Konrad!«, zischte meine Mutter durch die Zähne. »Du gehst jetzt in den Bungalow, und ich möchte dich erst wieder sehen, wenn du dich bei Lisbeth entschuldigt hast.«

Sie ließ mich los, ich rannte davon.

Erst hatte ich eine Weile auf meinem Bett gelegen, dann war ich auf die Düne gegangen, dahin, wo man nicht sitzen durfte. Und dann hatte ich den Mann mit der Dogge gesehen und war ihm gefolgt. Dem Agenten aus Fulda. Wahrscheinlich würde mich jeder auslachen für diesen Unsinn. Konrad mit den Schnapsideen! Aber entschuldigt hatte ich mich nicht. Das sah ich gar nicht ein.

Strandmonster

Im Streit zu Bett zu gehen, ist schrecklich.

Ich lag da, wälzte mich hin und her und war kurz davor, alle zu wecken, um mich zu entschuldigen, nur damit ich endlich schlafen konnte. Doch ich tat es nicht. Stattdessen stand ich auf. Angeblich half Spazierengehen bei Schlafstörungen. Ich schlich in die Wohnküche, schnappte mir einen Pulli und schlüpfte durch die Terrassentür nach draußen. Die Schuhe ließ ich stehen.

Es war kühl und windig. Schwarz ragte die hohe Hecke aus der Dunkelheit heraus. Durch sie hindurch gab es einen inoffiziellen, etwas dornigen Weg von unserer Anlage zum Strand, eine prima Abkürzung, aber natürlich aus Dünenschutzgründen verboten. Die Abkürzung führte an einem verfallenen Schuppen vorbei. Neben der rostigen Schuppentür lehnte ein ebenso rostiger Schubkarren. Vieles hier war rostig.

Ich kletterte die Düne hoch, schaute mich kurz um und rannte auf der anderen Seite hinab. Mit großen Schritten sprang ich in den tiefen Sand. Eine Menge davon rutschte mit mir hinab. So funktionierte Erosion.

Es war Ebbe. Ich wollte zum Bunker, doch ich fror bereits nach wenigen Metern im nassen Sand. War der Boden hinter der Düne nur kühl gewesen, war der nasse Sand vor der Düne eisig. Ich hätte Schuhe anziehen sollen, dachte ich, doch ich ging weiter, denn der schwarze, halb im Meer versunkene Klotz zog mich an. Das war vom ersten Tag an so gewesen. Immer lockte mich der Bunker; er war das Spannendste am ganzen Urlaub.

Als ich ihn erreicht hatte, blieb ich stehen. Auch bei Ebbe umgab ihn zu drei Vierteln ein See aus Meerwasser – wie ein Burggraben eine Burg. Ich umrundete den Bunker zur Hälfte, sodass ich jetzt vor dem offenen Meer stand.

Plötzlich sah ich auf der Landseite des Bunkers einen Schatten. Er bewegte sich schnell und war gleich wieder verschwunden. Was war das? Ein Tier? Ein Mensch? … Oder der Geist der toten Frau?

»Hallo?«, fragte ich halblaut. Niemand antwortete. Klar. Das Meer war lauter als meine Stimme.

War da wer oder nicht? Vorsichtshalber blieb ich ganz ruhig stehen. Wenn ich mich nicht bewege, dachte ich, bewegt sich auch sonst nichts. Das Meer bleibt dann stehen wie eingefroren. Aber das tat es natürlich nicht. Es interessiert sich nicht für die Gedanken eines kleinen Menschen.

Eine ganze Weile blieb ich so bewegungslos stehen. Langsam kam die Flut, das spürte ich. Immer wieder spülte eine neue Welle Wasser heran und füllte den Bunkerburggraben mit immer mehr Wasser. Das Wasser, das unter den Bunker lief, gluckerte.

Ich kann doch nicht ewig hier stehen, dachte ich, denn mir war kalt. Vorsichtig machte ich ein paar Schritte um den Bunker herum in Richtung Strand. Meine Füße waren fast taub vor Kälte. Da der Schatten verschwunden blieb, ging ich weiter, bis ich fast wieder vor dem Bunker war. Der Weg zur Düne war frei, ich brauchte nur noch zurückgehen.

Doch da war er wieder. Der Schatten tauchte jetzt auf der Meerseite des Bunkers auf. Er folgte mir! Ich unterdrückte einen Schrei und begann zu rennen. Weil meine Füße so kalt waren, hatte ich kaum Kontrolle über sie. Sie kamen mir vor wie Fremdkörper.

Ich stapfte durch den schweren Sand und rannte über die ausgelegten Holzlatten, am Wasserwachthäuschen vorbei hin zum Parkplatz. Die spitzen Steine spürte ich nicht, ich sah nur mein Ziel: unsere Ferienanlage.

Ich hatte absichtlich den offiziellen Weg gewählt. Hier brannten ein paar Straßenlaternen, hier fühlte ich mich etwas sicherer. Jetzt hatte ich den Seiteneingang zu unserer Anlage erreicht. Er war abgesperrt.

Erst jetzt wurde mir bewusst, dass ich während meiner Flucht die ganze Zeit ein dumpfes Dröhnen gehört hatte. Nun wurde es immer lauter. Ich wandte mich um und wurde von einem grellen Licht geblendet. Ein riesiges schwarzes Ungetüm walzte langsam, aber unaufhaltsam auf mich zu. Ich sprang seitlich über die Gartentür und landete im weichen, frisch gemähten Gras unserer Ferienanlage. Das Gebrumm wurde immer lauter, das Licht aber blendete längst nicht mehr. Dann wurde auch das Brummen leiser.

Die Planierraupe, die nachts den Strand in Ordnung brachte, war an mir vorbeigefahren. Ich musste fast lachen, verschnaufte ein wenig und ging dann langsam zu unserem Bungalow. Auf der Terrasse wischte ich meine sandigen Füße an einem liegen gebliebenen Handtuch ab und schlüpfte hinein.

War das schön warm hier drin! So leise wie möglich tappte ich in unser Schlafzimmer und legte mich hin. Ich spähte zu Lisbeth hinüber. Sie lag in der gleichen Position wie zuvor. Wie lange ich wohl draußen gewesen war? 20 Minuten?

Eine Weile wärmte ich meine Füße an den Innenseiten meiner Oberschenkel, denn es stimmte: Mit kalten Füßen konnte man nicht einschlafen. Beim Füßewärmen dachte ich über den Schatten beim Bunker nach. Jetzt, im Bett, kam mir das alles albern vor. Vielleicht war es ein Tier gewesen, eine Fledermaus.

Das blaue Haus

Am Atlantik geht die Sonne später auf und später unter als in Deutschland. Der Atlantik liegt einfach so ungeheuer weit westlich. Um sechs Uhr morgens ist es dort im Hochsommer noch fast ganz dunkel.

Man hätte also länger schlafen können. Nicht aber Lisbeth. Sie wachte trotzdem früh auf und knipste das Licht an, um zu lesen. Jeden Tag machte sie das und jeden Tag störte es mich. Doch man durfte nichts sagen. Nicht einmal mein Vater hatte etwas sagen dürfen, als sie zum Beispiel auf der langen Fahrt mitten in der Nacht im Auto das Licht einschaltete. Er hatte was sagen wollen, weil man ja nicht gut fahren kann, wenn im Auto innen nachts das Licht brennt, aber meine Mutter hatte mit ihrer viel zu mitleidigen Mitleidsstimme zu ihm gesagt: »Lass sie, vielleicht hilft ihr Lesen.«

Lisbeth war jetzt also wach und ich auch und ich hörte sie lesen. Ja, man kann jemand lesen *hören*, und bei Lisbeth hörte sich das so an: einatmen. Luft anhalten. Nach einer schieren Ewigkeit die Luft durch den Mund herausstoßen, blättern.

Zu Hause hätte ich mir die Bettdecke über den Kopf gezogen, aber diese französischen Decken taugten ja nichts. Man verhedderte sich meistens in Unmengen an Laken, die Wolldecke, die irgendwie in die Laken eingeschlagen werden sollte, lag irgendwo, meistens am Boden. Ich zerrte am Laken und drehte mich weg.

Doch an Schlaf war nicht mehr zu denken. Missmutig stand ich auf, ignorierte Lisbeth und tappte ins Wohnzimmer, das gleichzeitig auch die Küche war. Dort legte ich mich auf das Sofa, wickelte mich in eine Wolldecke und betrachtete im Schein der ersten Dämmerung die Fotos an der Wand. Sie zeigten das Meer, Wolken und Felsen.

Ich musste noch mal eingenickt sein, denn plötzlich hörte ich die Kaffeemaschine und die Stimmen meiner Eltern.

»Du wolltest doch unbedingt hierherfahren«, sagte mein Vater zu meiner Mutter. »Warum eigentlich? Sonst kann es dir doch nicht heiß genug sein!«

Was meine Mutter antwortete, ging im Gluckern der Kaffeemaschine unter. Aber ehrlich gesagt kapierte ich es auch nicht. Meine Mutter liebte knallharten Mittelmeerstrandurlaub. Mit Kultur, Bergtouren oder womöglich Regen konnte sie absolut nichts anfangen.

Die Morgensonne schien durch das Küchenfenster. Ich stand auf.

Beim Frühstück sagte meine Mutter: »Heute soll das Wetter ja besser werden.«

Lisbeth antwortete, wie es ihre Art war, völlig aus dem Zusammenhang gerissen: »Wenn die Flut vom Mond abhängig ist, wieso ist dann nicht nur ein Mal in 24 Stunden Flut?« Dabei bestrich sie die ohnehin schon süße Brioche mit einer dicken Schicht Erdbeermarmelade.

»Hä?«, machte ich.

»Hä?«, machte auch meine Mutter.

Mein Vater kratzte sich am Kopf.

Lisbeth hatte längst Zettel und Kugelschreiber geholt. Sie zeichnete einen größeren Kreis und einen kleineren Kreis. Dann malte sie an den größeren Kreis eine Ausbuchtung auf der Seite, die dem kleineren Kreis zugewandt war. »Das ist die Erde«, sagte sie und deutete auf den größeren Kreis. »Das ist der Mond.« Sie zeigte auf den kleineren Kreis. »Und das da«, erklärte sie, während sie mit dem Kugelschreiber in die Ausbuchtung tippte, »ist der Flutberg. Er wandert mit dem Mond etwa ein Mal am Tag um die Erde. Wieso gibt es dann zwei Mal Ebbe und zwei Mal Flut?«

»Hm«, machte mein Vater und nahm den Zettel.

»Möchtest du noch eine Brioche?«, fragte meine Mutter.

»Ja, gern«, sagte Lisbeth mit vollem Mund. Sie hatte dieselben Augen wie meine Mutter: braun mit langen Wimpern. Aber kein Wunder – meine Mutter und Tante Simone waren ja Schwestern gewesen. Ihr dünnes mittelbraunes Haar hatte Lisbeth immer zu einem Pferdeschwanz zusammengebunden. Sie nahm die Brioche und legte sie auf ihren Teller.

»Ich versteh das mit der Flut eh nicht«, sagte meine Mutter. »Sie verschiebt sich auch jeden Tag. Man kommt ganz durcheinander. Außerdem finde ich Ebbe besser.«

»Ich Flut«, sagte mein Vater. »Da muss man zum Baden nicht so weit gehen.«

»Aber bei Ebbe sieht man mehr«, gab meine Mutter zu bedenken.

»Den Bunker«, entfuhr es mir.

»Ja, den Bunker zum Beispiel«, sagte meine Mutter und blickte irgendwie ziellos in die Ferne.

»Ich finde das schon noch raus«, verkündete Lisbeth.

»Was?«, fragte mein Vater.

»Na, das mit Ebbe und Flut.« Sie hustete, weil sie sich an der Brioche verschluckt hatte.

Wie gesagt, Lisbeth interessierte sich für die seltsamsten Dinge. Auf der Fahrt durch Frankreich hatte sie uns zum Beispiel die ganze Zeit mitgeteilt, aus welchem Departement die Autos kamen, an denen wir vorbeifuhren. Die Nummern standen auf den Autokennzeichen. Die Departements waren in alphabetischer Reihenfolge durchnummeriert. Die Nummer 01 hatte l'Ain, die Nummer 95 Val d'Oise. Und dann gab es noch die fünf überseeischen Departements. Auch die hatte sie mehrmals hintereinander aufgezählt.

Die Sonne am Morgen hatte uns getäuscht. Schon um halb elf bezog sich der Himmel wieder. Ratlos saßen wir in der Wohnung herum: ich auf dem Sofa im Wohnzimmer, Lisbeth in unserem Zimmer auf ihrem Bett. Mein Vater war mit dem Auto Zigaretten holen gefahren und meine Mutter lackierte ihre Nägel zum dritten Mal um.

»Lisbeth, wollen wir shoppen gehen?«, fragte sie durch die Räume.

»Shoppen?« Lisbeth kam ins Wohnzimmer.

»Na ja, irgendwas müssen wir doch tun.«

»Wir haben doch gestern schon was gekauft.«

Lisbeth und ich hatten Bodyboards bekommen. Das sind Bretter aus Styropor, etwa halb so lang wie ein echtes Surfbrett und in etwa ein Viertel so sinnvoll.

»Ich meine Klamotten«, präzisierte meine Mutter. Sie ging davon aus, dass alle weiblichen Wesen ebenso an Kleidung interessiert waren wie sie. Sie war ja Unterwäsche-Designerin und immer und überall auf der Suche nach neuen Ideen für BHs und Slips. Wahrscheinlich hätte sie lieber eine Tochter gehabt. Und wahrscheinlich hatte sie deswegen Lisbeth mitgenommen. Aber ob Lisbeth dafür die Richtige war? »Ich habe auch tolle Schmuckläden gesehen«, fügte meine Mutter hinzu.

»Gibt es hier nicht ein Museum?«, wollte Lisbeth wissen.

»Ein Museum?«, fragte meine Mutter verblüfft. »Äh ... ja ... äh, weiß ich nicht.«

»Ich glaube, ich habe eines im Ortszentrum gesehen«, rief Lisbeth. »Das würde mich interessieren.«

Schon klar, dachte ich.

»Jaaa, gut«, sagte meine Mutter. »Dann lass uns das machen. Hinterher können wir ja noch durch die Läden bummeln.«

Meine Mutter stand auf und betrachtete das Kunstwerk auf ihren Fußnägeln. Sie hatte mich nicht gefragt, ob ich mitwollte. Das war zwar gut, weil ich keine Lust hatte, ins Museum zu gehen. Trotzdem wurde mir die Sache langsam unheimlich. Die beiden übersahen mich einfach. Ich wandte mich um zu Lisbeth, die sich innerhalb von drei Minuten fertig gemacht hatte und wissensdurstig an der Tür lehnte.

»Soll ich noch schnell den Müll wegbringen?«, fragte sie.

Ja, Lisbeth war das viel bessere Kind als ich: meist gut gelaunt, intelligent, praktisch, sportlich, sprachbegabt und hilfsbereit. Dass der Müll voll war, hatte ich gar nicht bemerkt. Stattdessen hatte ich überlegt, was das für Kampfjets waren, die gerade mit lautem Donnern über unseren Bungalow hinweggerast waren. Eigentlich glaubte ich, es seien Flugzeuge vom Typ *Mirage 2000* gewesen. Aber ganz sicher war ich mir nicht.

»So ein Krach im Urlaub!«, stellte meine Mutter fest.

Ich ging auf die Terrasse. Nebenan hörte ich Stimmen. Offenbar war da gerade jemand eingezogen. Neugierig äugte ich um die Mauer, die unsere Terrasse von der der Nachbarn trennte.

»Bong schuur«, sagte ich, doch die Frau auf der Terrasse guckte nicht mal her. Energisch stellte sie eine Flasche Wein auf den weißen Plastiktisch und ließ sich ächzend in den Stuhl fallen. Sie trug einen gestreiften Pullover und einen viel zu engen Jeansrock. Ihr Haar war rot gefärbt, eine Sonnenbrille steckte darin. Von drinnen hörte ich die Stimme eines Mannes; er fluchte, jedenfalls klang es so.

»Oui, merde«, sagte die Frau.

Ich hatte seit zwei Jahren Französisch in der Schule, doch die Sprache blieb mir ein Rätsel. Das Wort *merde* verstand ich natürlich.

Etwas gelangweilt zog ich mich in den Bungalow zurück. Ich wollte in unser Zimmer, aber mein Blick fiel ins Schlafzimmer meiner Eltern. Die Tagesdecke war glatt gezogen, auf der Betthälfte meiner Mutter lag ein Stapel Prospekte.

Reiseunterlagen, dachte ich. Meine Mutter war diejenige, die im Urlaub alles regelte. Ganz obendrauf lag ein Reiseführer über Bordeaux. Ich weiß nicht, warum ich hinging und den Papierstapel durchsah. Vielleicht hoffte ich, irgendetwas Spannendes zu finden. Vielleicht gab es hier ja einen Aquapark mit Speed-Rutsche. Ich blätterte die Prospekte durch, fand aber nichts dergleichen. Nur Sachen wie Leuchtturm, Beachvolleyball, Weinprobe, Ponyhof, Vogelbeobachtung, Naturwanderweg, Austern-Bar. Und ein Stadtplan unseres Ortes fiel mir auf, denn meine Mutter hatte mit Kugelschreiber etliche Telefonnummern und das Wort *Surfmode* an den Rand geschrieben. Trotzdem, da war nichts, was mich wirklich interessiert hätte. Ich ordnete die Prospekte wieder so, wie ich sie vorgefunden hatte.

Ich ging hinaus vor die Anlage und blickte ziellos erst nach rechts und dann nach links. Schließlich bog ich gleich schräg gegenüber ab in eine sehr ruhige Straße mit holprigem Belag. In diese Richtung war ich noch nie gegangen. Ich schlenderte auf dem Bürgersteig entlang und betrachtete die vielen verschiedenen Ferienhäuser.

Sie waren alle sehr hübsch: mit bunter Veranda, bunten Fensterläden und verschnörkelten Dachbalken. In den Gärten blühten die Hortensien.

Bei einem alten, etwas heruntergekommenen Haus blieb ich stehen. Etwas irritierte mich daran, ich wusste nicht gleich, was. *La Maison bleue* nannte sich das Haus, das blaue

Haus. Jetzt war klar, was mich wunderte: nicht, dass es einen Namen hatte, viele Häuser hatten hier Namen. Mich irritierte, dass an dem ganzen Gebäude nichts Blaues zu sehen war, im Gegenteil: Die Ziegel waren rostrot, das Dach grün wie die Fensterrahmen. Die Rollläden waren heruntergelassen. An einem hing ein Schild, auf dem *chambre à louer* und auf Deutsch *Zimmer zu vermieten* stand.

Daraufhin dachte ich – und das war ein kompletter Fehlschluss: Wenn auf dem Schild *Zimmer zu vermieten* steht und die Rollläden heruntergelassen sind, dann wird das Haus wohl leer stehen. Und wenn das Haus leer steht, dann kann man auch reingehen. Ich bin ein Meister der Fehlschlüsse.

Durch ein schief in den Angeln hängendes Gartentürchen betrat ich einen Kiesweg. Die Steine knirschten unter meinen Sohlen. Das störte mich. Ich wechselte also auf Gras und näherte mich so dem Haus. Mein Blick fiel auf einen altmodischen weißen Gartenstuhl aus Metall mit rotem Sitzkissen. Er war mit einem Fuß im Boden versunken und stand ganz schief. Ich hatte die Haustür erreicht. Vorsichtig drückte ich die Klinke. Natürlich war die Tür verschlossen. Ich überlegte einen Augenblick, dann schlich ich um das Haus herum.

Eigentlich erwartete ich nicht, eine offene Tür zu finden. Ich erwartete gar nichts. Ich wusste nicht mal, was ich wollte. Aber da war die Hintertür. Der Lack war abgeblättert und sie stand offen.

So was, dachte ich und stieg die drei Stufen hoch. Auf dem obersten Absatz war in der Ecke ein länglicher Rostfleck, so als hätte dort eine Weile etwas aus Eisen gestanden. Ich wischte mit dem Fuß drüber – diese Rostflecken hier überall irritierten mich –, dann lugte ich vorsichtig in den düsteren Hausflur. Die groß gemusterte rosa Tapete löste sich an einigen Stellen von der Wand, eine Steckdose hing heraus. Ich setzte meinen Fuß auf die Dielen. Sie knarrten. Ganz langsam setzte ich meinen zweiten Fuß auf. Diesmal knarrten die Dielen nicht. So ging ich Schritt für Schritt weiter.

Es war absurd, was ich da tat. Entweder stand das Haus leer, dann konnte ich auch laut gehen, oder es stand nicht leer, dann hatte ich hier nichts verloren.

Links führte eine steile Holztreppe nach oben, rechts gingen zwei Türen ab; sie waren zu. Ich ging weiter und gelangte zu einer Tür, die nur angelehnt war. Neben der Tür hing ein Ölgemälde, das krumme Pinien am Strand zeigte. Ich drückte die Tür auf. Das war wohl das Wohnzimmer. Nur wenig Licht drang durch die Rollläden. Die Tapete war grünlich, an einer Wand stand ein wuchtiges, dunkles Buffet, daneben ein Sofa und davor ein kleiner Tisch. Erst jetzt bemerkte ich, dass es ziemlich nach Zigarettenrauch roch – und zwar nach frischem. In diesem Moment kam mir erstmals der Gedanke, das Haus könnte bewohnt sein, und in diesem Moment hörte ich eine Stimme: »Marjorie?«

Um ehrlich zu sein, ich verstand in dem Augenblick nicht, dass jemand *Marjorie* sagte. Ich verstand nur die Laute *Ma* und *ie* mit irgendwas dazwischen. Aber jetzt weiß ich, dass der Mann Marjorie gesagt haben musste, ein sehr alter Mann übrigens mit einer sehr alten Stimme. Ich sah ihn zuerst gar nicht, denn er saß mit dem Rücken zu mir in einem Sessel.

Nur sein kahler Kopf ragte hervor. Er wiederholte die mir unverständlichen Laute noch einmal.

Bis dahin hatte ich stocksteif dagestanden. Doch plötzlich, nachdem ich die Stimme zum zweiten Mal hörte, löste sich meine Erstarrung. Ich machte zwei langsame, leise Schritte rückwärts durch den Raum, drehte mich lautlos um, wollte davonlaufen, aber ich stolperte. Ich stolperte über ein längliches Ding, fiel auf mein Kinn und einen Augenblick lang sah ich grüne Flecken. Ich stützte mich auf, dummerweise genau auf das Ding, das mir im Weg gestanden hatte. Ich schrie. Das war eine Beinprothese! Und unten dran steckte ein schwarzer Lederschuh.

Mein Schrei kam aus den tiefsten Tiefen meines Bauches; ich rappelte mich auf und rannte davon. Doch alles ging viel zu langsam. Nach Stunden, so meinte ich, hatte ich die Hintertür erreicht, nach weiteren Stunden endlich den Gartenzaun. Ich kletterte darüber, sprang auf den federnden Waldboden und rannte weiter. Jetzt ging es auch etwas schneller, immer tiefer in den Pinienwald, der hinter dem Haus begann.

Die Wälder hier an der Küste waren sehr übersichtlich. Sie bestanden ausschließlich aus etwa 15 Meter hohen Pinien mit nackten rotbraunen Stämmen und wurden in regelmäßigen Abständen von langen, schnurgeraden Wegen durchzogen. Ich rannte weiter.

Irgendwann war ich außer Atem und blieb stehen. Es war still bis auf ein paar Vögel. Ich versuchte, mich zu orientieren, und blickte nach oben. Doch die Sonne war nicht zu sehen. Und hier unten sah es in alle Richtungen gleich aus. Das ist der Nachteil an einem übersichtlichen Wald. Man verliert rasch die Orientierung. Wie weit war ich wohl gerannt? 100 Meter? Zwei Kilometer?

Die GPS-App auf meinem Smartphone versagte in Frankreich stets und der Himmel war einheitlich grau. Weil ich keinen besseren Plan hatte, ging ich einfach möglichst geradeaus weiter.

Nach einiger Zeit stieß ich auf einen Weg. Immerhin. Aber was nun? Nach rechts oder nach links? Plötzlich donnerten wieder zwei Kampfflugzeuge über mich hinweg. Es gab hier irgendwo eine Militärbasis. Die Jets, das war mir bereits aufgefallen, flogen immer parallel zur Küste. Da dachte ich: Wenn ich also ans Meer kommen will, muss ich im rechten Winkel zu der Flugrichtung der Kampfjets gehen. Das hieß, den Weg nach rechts weiter.

Diesmal war es kein Fehlschluss. Tatsächlich lichtete sich bald der Wald und ich gelangte auf die Küstenstraße.

Erst jetzt konnte ich richtig darüber nachdenken, was geschehen war, und schüttelte den Kopf über mich. Einfach ein fremdes Haus zu betreten, war verboten! Ganz egal, ob es bewohnt war oder nicht! Das war Hausfriedensbruch oder so etwas. Bestimmt auch hier in Frankreich! Und dann dieser Mann und die Prothese!

Ich weiß nicht, warum das so ist, aber künstliche menschliche Gliedmaßen, die irgendwo herumliegen, sind das Gruseligste, was es gibt, schlimmer als ein Eimer voller zermatschter Nacktschnecken oder eine wassermelonengroße, behaarte Vogelspinne.

Die Gedanken an Kampfjets, halb verfallene Häuser und herumliegende Gliedmaßen versetzten mich in eine anhaltend niedergedrückte Stimmung. Ich ging immer langsamer, ab und zu blieb ich stehen, um die Pflanzen am Straßenrand zu betrachten. Aber sie konnten mich nicht aufhalten. Jetzt überholte mich auch noch diese Joggerin. Wie konnte man nur andauernd rennen?

Gold im Pool

Ich war froh, endlich unsere harmlose, hässliche Ferienanlage wiederzusehen. Selbst über Lisbeth hätte ich mich gefreut, ehrlich. Aber sie und meine Mutter waren noch nicht zurück.

Mein Vater hatte den ganzen Vormittag über gelesen; jetzt machte er uns zu Mittag Schinkenbaguette mit Mayonnaise und Tomaten. Die Mayonnaise schmeckte hier viel besser als in Deutschland, süßer irgendwie.

»Die zwei Damen sind aber lange einkaufen«, stellte er fest. Wir saßen auf der Terrasse. An der Trennmauer wuchsen von unten her merkwürdige rötliche Schlieren nach oben. Ich musste an den Rostfleck beim blauen Haus denken. Die Bäume im Garten unserer Anlage wiegten sich im Wind.

»Sie sind nicht einkaufen«, klärte ich meinen Vater auf. »Sie sind im Museum.«

»Anja ist im Museum?«

»Lisbeth wollte das.«

»Ach so. Aha …« Er runzelte die Stirn. »Morgen kauf ich uns mal Austern.«

Plötzlich wetzte Nick an unserer Terrassentür vorbei.

»Pappiiii!«, rief er. »Pappiiii!«

Aha, ein Vater! Ich wunderte mich, denn ich hatte angenommen, Nick sei mit seiner Mutter allein unterwegs. Ich sah Nick nach, wie er sich auf einen herankommenden Mann stürzte, wie eine Klette an ihm hängen blieb und jubilierte.

Aber das war nicht möglich! Beinahe hätte ich mich an einem Stück Baguette verschluckt. Das war doch … der Agent! Der Mann mit der Dogge! Er trug dieselben cremefarbenen Anzughosen und dasselbe Polohemd wie am Tag zuvor. Jetzt tauchte Elke mit ihrer Diamantsonnenbrille auf.

»Papi, Papi, Papi!«, juchzte Nick.

Die Familie blieb vor unserer Terrasse stehen.

»Das sind auch Deutsche«, sagte die Diamant-Elke, während sie auf uns zeigte.

Ich kam mir vor wie ein Zootier, wie wir da auf unserer Terrasse saßen, umgeben von den kahlen, rostüberwucherten Betonmauern.

Der Mann musterte mich für meinen Geschmack einen Augenblick zu lange. Hatte er mich gestern vielleicht doch gesehen und erkannt? Aber wo war der Hund?

»Fein, dass hier Kinder sind«, sagte er dann aber sehr unschuldig und nickte uns zu. »Dann langweilt sich unser Nick nicht.«

»Diese Kinder sind ganz reizend«, trällerte Elke und schob ihre Diamantbrille hoch.

Dann gingen sie weiter. Vielleicht kam die Dogge ja noch.

»Eigenartig«, sagte mein Vater, nachdem alle drei verschwunden waren und keine Dogge aufgetaucht war. »Ich wäre jede Wette eingegangen, dass die mit ihrem Sohn allein unterwegs ist.«

»Wieso?«, fragte ich.

»Dachte ich eben«, antwortete mein Vater zerstreut und aß weiter.

Ich hatte auch etwas gedacht, aber etwas ganz anderes, nämlich Folgendes: Entweder ich täuschte mich und Nicks Vater war nicht der Agent oder der Agent war ganz besonders raffiniert und tarnte sich geschickt mit seiner Familie. Ich musste die Sache unbedingt weiter im Auge behalten.

Nachmittags war das Wetter immerhin mittelmäßig. Lisbeth und meine Mutter waren seit Stunden unterwegs. Mein Vater und ich tauchten im Pool nach 10-Cent-Münzen. Sie glänzten golden im Wasser.

»Waf macht ihr da?« Nick kam angelaufen. Er trug einen hellblauen Bademantel mit Hasenkapuze. Er setzte sich auf einen Liegestuhl.

»Wir tauchen nach Gold«, erklärte ich.

Mein Vater warf die nächste Münze.

»Ift daf echtef Gold?«

»Na klar«, sagte ich.

Nick riss vor Staunen den Mund auf.

»Lass dich nicht veräppeln! Das sind 10-Cent-Münzen.« Nicks Vater, also der Agent oder Nichtagent, war im weißen Frotteebademantel und verspiegelter Pilotenbrille am Pool erschienen. Jetzt zog er den Mantel aus.

Mein Vater warf einen Blick auf den Sixpack von Nicks Vater, zog seinen Bauch ein und sprang mit seinem elegantesten Kopfsprung ins Wasser. Er schaffte alle Münzen und tauchte prustend auf.

»Schaffst du das auch?«, fragte mich Nicks Vater.

»Logisch. Soll ich?«

»Nicht nötig«, sagte er und reichte mir die Hand. »Hallo. Wirklich schön, dass hier Kinder sind. Ich bin Marc.«

»Konrad. Hallo.«

Marc blieb nicht lange am Pool. Er schien sich zu langweilen. Nick und ich dagegen planschten weiter im Wasser herum. Meine Finger waren schon so aufgeweicht, dass sich die Münzen unangenehm anfühlten. Zwischen zwei Tauchgängen fragte ich schließlich Nick:

»Habt ihr eigentlich einen Hund?«

»Einen Hund?«, sagte Nick verblüfft. »Nein! Mama hat eine Hundehaarallergie!«

Ich antwortete nichts darauf und tauchte unter. Während ich am Poolboden entlangglitt und die Münzen einsammelte, dachte ich über die Dogge und über den Mann von gestern nach. Vielleicht hatte ich mich doch geirrt. Durch die Schwimmbrille sah ich Nicks Beine. Sie schimmerten bläulich. Ich tauchte auf.

»Kommt ihr aus Fulda?«, fragte ich und prustete Nick Wasser ins Gesicht.

»Fulda? ... Nee, wir haben keinen Hund.« Er bohrte mit dem Zeigefinger im Ohr. »Aber wär ein ganz schöner Name für einen Hund.«

»Das ist kein Hundename. Fulda ist eine Stadt.«

»Hä? Du haft doch gefragt, ob wir einen Hund haben.«

»Nein, ob ihr aus Fulda kommt«, schrie ich ihm ins Ohr.

»Fufball?«

Ich zog mich aus dem Wasser und nahm die Schwimmbrille ab. Ich winkte Nick zu mir.

»Nimm die Brille ab!«

Nick trug eine Taucherbrille, der Riemen ging über seine Ohren. Er gehorchte.

»So, und jetzt frag ich dich alles noch einmal. Du antwortest nur mit Ja oder Nein. Erstens: Habt ihr einen Hund?«

»Nein.«

»Zweitens: Kommt ihr aus einer Stadt mit Namen Fulda?«

»Nein.«

»Okay. Danke.« Ich strich mein nasses Haar aus der Stirn.

»Wozu willft du fo komischef Zeug wiffen?«

»Das ist nicht komisch. Das sind ganz normale Fragen.«

»Fie find aber komisch.«

»Was soll denn daran komisch sein? Stell sie mir doch auch!«

Nick schob seine Unterlippe vor und sagte: »Gut, dann frag ich dich: Habt ihr einen Hund?«

»Nein.«

»Kommt ihr ...«

»Nein.«

Ich musste lachen.

»Fiehft du? Die Fragen find ultrakomisch.«

Da kam Lisbeth. Sie legte ihr Handtuch über einen Liegestuhl und sagte diffus: »Hi.«

Nick spritzte Lisbeth zur Begrüßung nass. »He, du! Haft du eigentlich einen Hund?«

»Ich? Nein.«

»Kommft du auf Fulda?«

»Nee, wieso?«

Nick kicherte.

»Was ist daran witzig?«, wollte Lisbeth wissen.

»Hihihi.«

»Was soll das Gekicher?«, fragte ich.

»Hihihi!«

»Halt die Klappe, du Blödmann!«, fuhr ich ihn an.

Mein Vater, von dem ich eigentlich dachte, er sei im Liegestuhl eingeschlafen, öffnete die Augen. »Was ist da los?«

»Nichts!«

»Aber ihr streitet doch.«

»Er hat Blödmann gefagt ...« begann Nick, und weil ich von allem nichts mehr hören wollte, stand ich auf und sprang ins Wasser.

Als ich wieder auftauchte, stand über mir am Poolrand mein Vater. »Konrad!«, sagte er streng.

»Ich hab nichts gemacht! Lisbeth ist schuld.«

»So ein Unfug. Was hast du nur, Konrad? Sei doch nicht so überempfindlich!«

»Ich darf nicht mal was fragen, ohne dass sich alle über mich lustig machen!«

»Was hast du denn gefragt?«

»Ob Nick einen Hund hat.«

»Ah. Und was noch?«

»Ob er aus Fulda kommt.«

»Fulda?«, fragte mein Vater. »Wieso Fulda?« Er schüttelte

den Kopf. Und dann begann er ganz fürchterlich zu lachen. Ich stieg aus dem Wasser und stampfte davon.

Eigentlich durfte ich Lisbeth nicht nicht mögen. Sie war erstens meine Cousine und zweitens arm dran. Ihre Mutter war vor einem halben Jahr gestorben.

Bevor sie allerdings mit uns in den Urlaub gefahren war, hatten wir uns kaum gekannt. Als Babys hatten wir uns zwar angeblich bestens verstanden. Damals hatte Lisbeth noch in München gewohnt. Dann war sie mit ihren Eltern weggezogen. Ich hatte sie lange nicht besucht. Erst mit sechseinhalb verbrachte ich einmal ein paar Tage bei ihr. Ich hatte sie klein und frech in Erinnerung, mit Pippi-Langstrumpf-Zöpfen und Pippi-Langstrumpf-Sommersprossen. Das war mir damals schon suspekt gewesen, denn ich mochte Pippi Langstrumpf nicht.

Bei der Beerdigung vor einem halben Jahr hatte ich Lisbeth das erste Mal wiedergesehen. Zöpfe hatte sie da nicht mehr, und Onkel Hermann, also ihr Vater, strich ihr immer wieder über ihre Haare, die schlaff, aber irgendwie elektrisch an ihrem schwarzen Pulli klebten.

Der Tod von Simone, ihrer Mutter, hatte mich schockiert. Nicht dass ich richtig traurig gewesen wäre; ich hatte sie ja kaum gekannt. Ich war einfach schockiert, weil ich nicht erwartet hätte, dass irgendwer aus der Verwandtschaft einfach so stirbt.

Ich nahm meiner Mutter übel, dass sie die Krankheit ihrer Schwester vorher mit keinem Wort erwähnt hatte. Immerhin war sie fast ein halbes Jahr krank gewesen. Das hätte sie ruhig mal erwähnen können. So stand ich wie ein Trottel da, mit meinen langen, sinnlosen Armen, und wusste nicht, was ich sagen sollte, als man mir von Simones Tod erzählte.

Meine Mutter sprach auch später nicht drüber. Nie. Auch das nahm ich ihr übel. Erst von meinem Vater erfuhr ich, dass Simone ein halbes Jahr lang Krebs gehabt hatte und zum Schluss vor Schwäche nicht mehr hatte gehen können.

Als ich Lisbeth bei der Beerdigung sah, hatte ich ein schlechtes Gewissen. Ich weiß nicht, woher es kam. Vielleicht daher, dass ich nichts vorher gewusst hatte. Vielleicht auch daher, dass ich nicht viel fühlte außer einer dumpfen Angst, meine Mutter könnte an derselben Krankheit sterben. Aber richtig leid tat mir Lisbeth nicht.

Sie schien ohnehin ungeheuer weit weg zu sein, da, am offenen Grab, eingehüllt in einen Mantel aus einer Art undurchdringlichem Nichts. Es ist schwer zu beschreiben. Andere auf der Beerdigung waren in Mäntel aus Traurigkeit gehüllt, meine Mutter trug sogar einen echten Pelzmantel, es war ja sehr kalt. Nur Lisbeth war umgeben von einer Schicht Nichts. Diese Schicht war unsichtbar und vollkommen unüberwindbar, sodass ich natürlich auch *nichts* zu ihr sagen konnte, nicht einmal »Es tut mir leid« oder so. Manche murmelten was von *Beileid*. Dieses Wort kannte ich nicht; ich kannte nur *Mitleid* und *Beistand*. Von *Mitstand* hatte ich bislang nichts gehört, also gab es auch kein *Beileid*, solches Zeug dachte ich, bloß um nicht an das eine denken zu müssen: Lisbeths Mama war tot.

Atlantikwall

Am Nachmittag gingen wir an den Strand. Richtig warm war es nicht. Auch waren wieder Wolken aufgezogen, die die Sonne manchmal minutenlang verdeckten. Der Strand war deswegen ziemlich leer. Wir hätten überall Platz gehabt. Trotzdem steuerte meine Mutter genau Elke und Nick an. Marc, das fiel mir gleich auf, fehlte.

»Huhu, Elke!«, rief meine Mutter und winkte.

»Huhu!«, rief Nicks Mutter und winkte zurück.

Wir erreichten ihren Platz. Meine Mutter stellte die Strandtasche ab und holte unsere Decke heraus. Elke wedelte mit ihrem Smartphone. »Danke für den Link übrigens, Anja. Ein toller Tipp!«

»Willst du wirklich hierhin?«, flüsterte mein Vater meiner Mutter zu.

Doch sie hörte nicht und strich die Decke glatt. Mein Vater verdrehte die Augen.

»Und bei denen bestellst du auch immer?«, fragte Elke meine Mutter, die sich bereits neben sie gesetzt hatte.

»Ja, die haben wirklich die beste Auswahl … guck mal.« Meine Mutter holte jetzt ihr eigenes Smartphone aus der Tasche und zeigte es Elke.

Mein Vater verdrehte ein zweites Mal die Augen und zog

die Decke einen halben Meter nach links, sodass zwischen unserer und der anderen Decke ein schmaler Spalt entstand.

»Ich hab noch vier Münzen geschafft«, erklärte Nick.

»Ja, mein Nick ist ein wirklich guter Taucher«, lobte Elke, die heute gar nicht ihre Diamantbrille trug, sondern ein anderes Modell. Sie sah damit aus wie eine Eule.

Die beiden Damen unterhielten sich wieder über die Mode im Smartphone. Lisbeth las in irgendeiner Broschüre und auch mein Vater hatte ein Buch herausgeholt. Ich grub abwechselnd den einen und den anderen Fuß ein und fragte mich, wo Marc war. Ich fragte mich, ob er wohl gerade seinem Job als Agent nachging, wenn er einer war, und ich fragte mich, ob seine Familie von seiner Agententätigkeit wusste.

»Duhu, Lifbeth!«, sagte Nick nach einer Weile. »Wollen wir wieder Handstand machen?«

Lisbeth sah nicht von ihrem Heft auf. »Nee, heute nicht.«

»Bauft du dann mit mir Burg?«, fragte Nick jetzt an mich gewandt.

»Später vielleicht«, sagte ich.

»Konrad, Lisbeth, ihr braucht Sonnencreme«, sagte meine Mutter.

»Ich nicht«, antwortete ich. Seit Jahren benutzte ich keine Sonnencreme, denn ich bräunte leicht.

»Besser wäre es schon«, beharrte meine Mutter.

»Ja, genau. Ohne Sonnencreme geht mir mein Nick nicht an den Strand«, mischte sich Elke ein. »Sogar Schwarze können Sonnenbrand kriegen.«

Ich legte mich auf den Bauch und tat, als ginge mich die

ganze Diskussion nichts an. Meine Mutter gab auf, denn Elke zeigte auf ihren Bikini.

»Dieses Salz setzt dem Stoff ganz schön zu«, sagte sie seufzend.

Eine Weile lag ich da, lauschte dem Rauschen des Meeres, und manchmal landeten ein paar Satzfetzen von Elke, die ununterbrochen plapperte, bei mir. Sie sprach von Betacarotin-Lotions, Besenreisern und Bikiniverschlüssen.

Lisbeth hockte schweigend da. Sie hatte zwar ihr Heft aufgeschlagen, las aber nicht und hatte ihren Kopf in die andere Richtung gedreht. Ab und zu reckte sie ihren Hals.

Bald war mir klar, dass sie die Bademeister beobachtete. Es waren wieder der Kurzhaarige und der Langhaarige da. Beide saßen auf der Ladefläche ihres Strandjeeps, beide trugen Sonnenbrillen und wachten über die Badenden. Manchmal blies der Wind dem Langhaarigen eine Haarsträhne ins Gesicht. Dann wischte er sie mit der Hand weg. Sein Haar war leicht gewellt und dunkel.

Meine Mutter war die schönste Frau am Strand. Sie war knallbraun, sie hatte eine super Figur und sie trug die exquisitesten Bikinis. Elke, selber etwas mollig, platzte natürlich vor Neid und ließ keine Sekunde aus, an dem einzigen Fehler, den meine Mutter hatte, herumzumäkeln: nämlich mir.

»Für Jungs in seiner Größe ist es natürlich schwierig, geeignete Kleidung zu finden«, sagte sie. Sie besprachen gerade das Thema Kinder- und Jugendmode. Während ich im Sand herumbuddelte und für Nick Löcher aushob, hörte ich immer mal wieder zu. Wahrscheinlich war Nicks Mutter auch schon aufgefallen, dass alle meine Hosen zu kurz waren.

Später sagte sie: »Man muss aufpassen, dass er keine Rückenprobleme bekommt. Er belastet sich völlig falsch.« Sie meinte damit meine Buddeltechnik. Klar saß ich krumm und schief da. Wo sollte ich auch hin mit meinen langen Gliedern?

»Nach wem kommt er eigentlich?«, fragte sie schließlich. »Dein Mann ist schließlich ...«

Ja, meine Eltern waren normal groß. Aber der Vater meiner Mutter, der war zwei Meter groß gewesen. Schon dessen Vater hatte sich bücken müssen, um durch eine normale Tür zu gehen. Das wurde zumindest erzählt.

»Deine Kleine dagegen ...«, fuhr Elke fort und riss mich aus meinen Riesengedanken.

»Sie ist nicht unsere Tochter«, mischte sich mein Vater genervt ein. »Haben wir das nicht schon mal erwähnt?«

»Oh«, sagte Elke. »Kann sein. Entschuldigt ... Aber ... Hm ... So früh schon mit Freundin unterwegs ...? Ich weiß ja nicht ...«

»Lisbeth ist Konrads *Cousine*«, sagte mein Vater. Er stand auf. »Ich geh mal spazieren. Zum Bunker. Wer kommt mit?«

»Ich!«, riefen Lisbeth und ich gleichzeitig.

Als wir weit genug weg waren, sagte mein Vater: »Der Strand ist menschenleer und wo legt sich Anja hin? Neben die nervigste Frau der ganzen Küste!«

»Wartet!«, schrie hinter uns Nick.

Oje, dachte ich. Auch Lisbeth verdrehte die Augen. Seltsam war das: Seit heute Morgen fand ich nichts, worüber ich mit ihr streiten konnte.

Nick kam angewackelt. Als er uns erreicht hatte, fragte er: »Waf ift eigentlich ein Bunker?«

»Ein Unterstand oder Schutzraum«, antwortete mein Vater.

»Im Zweiten Weltkrieg«, fügte Lisbeth hinzu, »war hier der *Atlantikwall.*«

Atlantikwall. Das Wort hallte in meinen Ohren.

»Oh, wann war Krieg?«, wollte Nick wissen. »Und warum?«

»Vor 60 Jahren«, sagte mein Vater.

»Vor fast 70«, verbesserte Lisbeth.

»Ja, aber warum war da Krieg?«, bohrte Nick nach.

Mein Vater verdrehte die Augen. »Weil halt ... Ich hab jetzt echt keine Lust, die halbe Geschichte des 20. Jahrhunderts zu erzählen.«

»Waren da Bomben?«

»Ja, natürlich. Deswegen ja auch die Bunker.«

»Aber warum stellt man einen Bunker inf Meer? Daf ift doch unpraktisch.«

»Der Bunker war ja nicht immer im Meer. Er stand mal auf der Düne.«

»Hä? Echt? ... Aber warum baut man einen Bunker in die Düne? Man darf doch die Düne gar nicht betreten.«

»Da war Krieg. Den Deutschen war die Düne egal.«

»Den Deutschen? Ich dachte, hier ift Frankreich?«

Mein Vater seufzte.

»Also, pass auf«, begann Lisbeth und nahm Nick zur Seite. »Vor mehr als 70 Jahren herrschte in Deutschland ...«

Mein Vater entfernte sich, ich lief ihm hinterher, denn ich hatte überhaupt keine Lust auf dieses Kriegszeug.

»Lisbeth weiß wahrscheinlich eh besser über den Atlantikwall Bescheid als ich«, sagte mein Vater und lachte. »Manchmal ist es doch gut, dass wir sie dabeihaben, oder?« Er zwinkerte mir zu. Ich hörte Lisbeth durch das Rauschen des Meeres von Hitler erzählen, der Besetzung Frankreichs und dem Atlantikwall, den Deutschland im Zweiten Weltkrieg gebaut hatte, um Angriffe der Amerikaner und Briten aus dem Meer abzuwehren. Er hatte sich von Frankreich über Dänemark bis nach Norwegen gezogen, 2685 Kilometer Bunker an Bunker. Lisbeth redete und redete. Dann waren wir endlich so weit von den beiden entfernt, dass der Ozean das Gespräch vollständig übertönte.

Wir standen im nassen Sand. Er war sehr fest. Es war angenehm, darauf zu gehen. Weiter drüben sah ich ein paar Kinder, die einen Kurs der Surfschule besuchten. Alle trugen Neoprenanzüge und leuchtend grüne T-Shirts. Immer wieder liefen sie mit ihren Brettern ins Meer und versuchten auf dem Bauch liegend, eine günstige Welle zu erwischen.

Der Bunker lag keine 20 Meter von uns entfernt. Ich dachte an die Nacht. Da war der Wasserstand ähnlich gewesen. Die tiefste Ebbe, hatte ich an der Tafel vor dem Wasserwachthäuschen gelesen, war um 12.12 Uhr. Jetzt war es zwei Uhr am Nachmittag und der Bunker lag immer noch frei da.

»Meinst du, man könnte die Miesmuscheln, die auf dem Bunker wachsen, essen?«, fragte ich.

»Keine Ahnung«, sagte mein Vater.

Ich befühlte die Muscheln. Man bekam sie nicht so leicht ab; scharf waren sie ebenfalls. Aber eigentlich interessierten mich die Muscheln nicht. Ich suchte nach Spuren. Der mysteriöse Schatten ging mir nicht aus dem Kopf. Vielleicht hing ja irgendwo eine flatternde Plastiktüte. Aber das war natürlich Quatsch. Die Flut war über den Bunker hinweggedonnert.

»Die tut auch nichts anderes als laufen«, sagte mein Vater plötzlich.

Ich wusste nicht, was er meinte. Aber als ich mich umwandte, sah ich die Joggerin. Anstatt jedoch am Bunker vorbeizurennen, trudelte sie aus und blieb stehen. Sie dehnte ihre Beine und schnaufte.

»Sie ist bestimmt Deutsche«, mutmaßte mein Vater.

»Wieso?«

»Nur Deutsche rennen so gestört durch die Gegend.«

Ich steckte meine Hand in das stehende Wasser um den Bunker herum. Es war wärmer als das Meer. »Wann er wohl ganz versunken sein wird?«

»Das kann man ausrechnen«, sagte mein Vater. »In den letzten 70 Jahren ist er etwa 100 Meter in Richtung Meer gewandert und so wird er wohl in 70 Jahren weitere 100 Meter gewandert sein. Dann ist er weg.«

»Eigentlich schade. Ich finde ihn spannend.«

»Oh, là là«, hörten wir plötzlich eine Stimme. Die Joggerin stand jetzt vor uns. Anscheinend hatte sie nicht erwartet, auf jemanden zu treffen. Auch sie inspizierte die Miesmuscheln.

Mein Vater grüßte.

Sie grüßte zurück und machte verlegen eine Stretching-Übung, so als hätten wir sie beim Faulsein ertappt. Dann lief sie weiter.

»Doch keine Deutsche«, stellte mein Vater fest.

Lisbeth und Nick tauchten jetzt ebenfalls auf. Der Zweite Weltkrieg war anscheinend fertig erklärt, und Nick fragte: »Kann man auf den Bunker raufklettern?«

Mein Vater zuckte mit den Schultern und musterte den Bunker. »Vielleicht …«

»Ich dachte, wir sollen da nicht herumklettern«, sagte ich.

»Nicht rein, meinte ich«, erklärte mein Vater. Unternehmungslustig betastete er die Bunkerwand. »Rauf können wir schon. Und außerdem bin ja ich dabei. Hier. Probier es mal da!«

Ich griff nach dem Mauervorsprung, den mir mein Vater gezeigt hatte, zog mich ein Stück hoch und fand Halt für meinen Fuß auf halber Höhe. Jetzt konnte ich über die Bunkerkante fassen und ganz nach oben klettern. Von dort half ich Nick nach oben. Lisbeth schaffte es allein. Zum Schluss kam mein Vater. Zu viert standen wir auf den grünen Algen und hatten eine prima Aussicht.

»In 70 Jahren ist er ganz ins Meer gewandert«, sagte ich zu Nick oder vielleicht auch zu Lisbeth.

»Nee, nicht wirklich«, sagte Lisbeth.

»So ungefähr jedenfalls. Hat Papa gesagt.«

»Nee«, wiederholte Lisbeth. »Nicht der Bunker wandert, das Meer dringt vor.«

»Das ist doch dasselbe«, blaffte ich.

»Ganz und gar nicht«, sagte Lisbeth.

»Aber er versinkt.«

»Aber es ist nicht dasselbe.«

»Doch.«

»Nein.«

»Ach, du blöde Besserwisserin«, fuhr ich sie an. Ja, natürlich. Es war nicht dasselbe. Es war das Gegenteil. »Rechthaberin. Schlaumeierin. Klugscheißen mit Lisbeth. Haha!«

»Konrad!«, sagte mein Vater. Es klang nicht besonders streng. Eher verständnisvoll. Es klang so, als ermahnte er mich nur aus Höflichkeit Lisbeth gegenüber.

»Ja, aber wenn es doch so ist!«, jammerte Lisbeth.

»Halt die Klappe!«

»Konrad! So geht das nicht.«

»Ja, aber ich will nicht den ganzen Urlaub dieses neunmalkluge Gelaber hören!«, maulte ich.

»Und ich nicht das Gestreite!«, sagte mein Vater.

»Fie weif aber viel«, sagte Nick. Er versuchte schon die ganze Zeit, die Aufmerksamkeit seiner Mutter in 200 Metern Entfernung zu erregen. Aber die plauderte angeregt mit meiner Mutter und sah nicht her.

»Und du hältst auch die Klappe«, fuhr ich ihn an.

»Pfff!«

»Ruhe!«, donnerte mein Vater.

Keiner sagte was. Lisbeth sah weg. Trotzdem bemerkte ich, dass Tränen über ihr Gesicht liefen. Sollte sie doch heulen, die dumme Kuh. Ich stand da oben auf dem Bunker, der hier mit ungeheuer grünen, glitschigen Algen bewachsen war. Immerhin gab es hier nicht diese scharfen Miesmuscheln. Ich machte ein paar vorsichtige Schritte und fuhr dann mit dem Fuß über ein Algenbüschel. Das Büschel klappte zur Seite. Darunter war es schwarz. Ich bückte mich. Das war ein Loch. Lisbeth und mein Vater standen bei Nick. Sie beachteten mich nicht.

»Mama! Huhu!«, brüllte Nick. Er winkte und hüpfte.

Ich fasste mit der Hand ein Stück in das Loch. Ich schätzte, dass es tief war, aber so genau wollte ich es gar nicht wissen und zog die Hand schnell wieder heraus, als würde gleich das Bunkermonster nach mir schnappen. Immer noch und immer wieder fiel es mir schwer, mir vorzustellen, dass dieses dunkle, massige Ding, auf dem wir hier standen, mal zu Kriegszwecken erbaut worden war. Für mich war der Bunker nichts als ein Lebensraum für allerlei glibberiges Getier. Ob das Loch wohl bis zu dem Innenraum ging?

»Mama! Huhu!«

Elke winkte zurück. Nick hüpfte immer höher, rutschte auf den glitschigen, knallgrünen Algen aus, schlitterte ein Stück weiter und fiel vom Bunker mit einem Platsch ins Wasser.

»Scheiße!«, fluchte mein Vater und sprang ihm nach.

Ich sah hinunter. Mein Vater fischte Nick aus dem Bunkerteich, der an der Stelle immerhin so tief war, dass sich Nick beim Aufprall nicht sehr verletzt haben konnte. Trotzdem heulte er. Auch Lisbeth und ich stiegen hinab. Mein Vater versuchte, Nick zu beruhigen. Ohne Erfolg. In 200 Metern Entfernung sah ich Nicks Mutter aufspringen. Sie rannte auf uns zu.

String-Tangas

Nick hatte sich an den Muscheln geschnitten und zwei rote Striemen am Po, aus denen das Blut herausrann.

»Weil man auch überall hochklettern muss!«, motzte mein Vater.

Jetzt kam Nicks Mutter. Sie war ganz außer Atem. »Mein armer Nicki. Ist dir was passiert? Hätten Sie nicht besser aufpassen können? Wieso müssen Sie überhaupt auf diesen schrecklichen Bunker klettern? Das ist doch kein Kinderspielplatz!« Eigenartigerweise siezte sie meinen Vater plötzlich.

»Nick wollte das«, verteidigte ich meinen Vater.

»Sst«, machte der. »Tut mir leid, war vielleicht keine so gute ...«

»Die Idee war gut«, widersprach Lisbeth. »Nick kann halt nicht ...«

»Es tut mir wirklich sehr, sehr leid«, unterbrach mein Vater Lisbeth. »Ich hätte besser auf Ihren Sohn aufpassen sollen.« Er siezte zurück.

Elke musterte meinen Vater von oben bis unten. Dann sagte sie: »Na, so was. Ein Mann, der einen Fehler zugibt!« Sie nahm ihren Nick auf den Arm und trug ihn davon.

Wir drei standen da. Mein Vater ließ die Arme hängen. »Zimtzicke! ... Scheißurlaub!«

Auch Lisbeth ließ die Arme hängen. Sie sah erst mich an, dann meinen Vater. Dann räusperte sie sich.

»Es kann sein, dass du mich für eine Besserwisserin hältst. Aber so bin ich eben. Und weil du das anscheinend nicht erträgst, habe ich beschlossen, abzureisen. Der nächste Bahnhof ist im Ort. In Bordeaux bin ich von dort in anderthalb Stunden. Da fährt ein TGV nach Paris und dann ...«

»Lisbeth!«, rief mein Vater.

»Ich komm ganz gut allein zurecht.«

»Aber du kannst doch nicht ...«, stammelte mein Vater. »Lisbeth, dein Vater hat extrem viel zu tun an der Uni. Du kannst nicht ...«

»Kann ich wohl. Und es ist mir auch egal, ob mein Vater die ganze Zeit arbeitet. Das hat er das letzte halbe Jahr auch schon gemacht.«

»Aber ...«, begann mein Vater wieder.

»Ich will nicht aus Mitleid in den Urlaub mitgenommen werden«, erklärte Lisbeth.

»Ich hab kein Mitleid«, sagte ich.

»Konrad!«

»Wieso?«, fragte Lisbeth. »Ist doch gut. Ich will kein Mitleid.«

»Dann isses ja gut«, zischte ich.

»So hab ich mir immer einen Bruder vorgestellt«, sagte Lisbeth in einem komischen Tonfall, bei dem man nicht wusste, ob sie das ernst meinte oder nicht. »Einen muffeligen, langarmigen Kerl, mit dem man immer streitet.«

»Ich bin nicht langarmig.«

»Bist du wohl.«

»Bin ich nicht. Und außerdem geht dich das gar nichts an.«

Mein Vater stemmte jetzt die Arme in die Hüften. »Ruhe!«

Wir verstummten sofort. Mein Vater sah von mir zu Lisbeth und von Lisbeth zu mir. Wir beide guckten weg, auf den Boden.

»Also«, fuhr mein Vater fort, »so geht das nicht. Man kann nicht nach ein paar Tagen schon aufgeben. Jetzt reißen wir uns halt mal alle zusammen ... und ich meine ... so schlecht sieht das doch gar nicht aus ... mit uns und dem Urlaub ... Die Sonne scheint, der Pool ist beheizt. Was Nick und seine Mutter betrifft, sind wir einer Meinung. Lisbeth wünscht sich kein Mitleid und einen langarmigen Bruder. Also alles paletti. Und was wünschst du dir, Konrad?«

»Kein Besserwissern und kein Lesen im Bett mit Licht.«

»Ja, genau«, sagte mein Vater. »Auch kein Licht im Auto.«

Lisbeth zuckte mit den Schultern. »Warum habt ihr das nicht gleich gesagt?«

Mein Vater und ich sahen uns an und zuckten auch mit den Schultern.

»Gehen wir zurück«, schlug er vor.

So kehrten wir zu unserem Platz zurück. Irgendwie fühlte ich mich erleichtert. Elke und Nick waren abgezogen.

»Warum musstet ihr da auch hochklettern?«, maulte uns meine Mutter an und reichte jedem von uns ein Stück Wassermelone. »Elke war sehr verzweifelt. Die Schnitte sind ganz schön tief. Sie wollen zum Arzt.«

»Nee, oder?«, fragte mein Vater.

»Das muss man schon ernst nehmen«, sagte Lisbeth. »Tetanus oder Sepsis können lebensgefährlich sein.« Melonensaft lief aus ihrem Mund und rann übers Kinn.

Was soll denn das sein?, dachte ich. Sepsis? Ich sah sie finster an. Doch sie grinste nur.

Es ist nicht leicht, mit jemandem Frieden zu schließen, den man bislang gehasst hat. Auf einmal soll man nett sein und freundlich.

Lisbeth ging es vielleicht genauso. Jedenfalls war sie am Strand die ganze Zeit recht schweigsam und las in ihrer ominösen Broschüre. Ich saß im Sand und buddelte vor mich hin. Das Loch, das ich grub, sollte möglichst tief werden. Aber je tiefer ich kam, desto härter wurde der Sand. Meine Fingernägel taten schon weh, das heißt, natürlich nicht die Nägel, sondern die Haut darunter und daneben.

Ich setzte mich auf und machte Pause.

Die Bademeister, der Langhaarige und der Kurzhaarige, fuhren mit dem Jeep über den Strand. Das taten die beiden jeden Tag ein paar Mal. Das war bestimmt das Beste am Bademeisterdasein. Mit dem Jeep über den Strand zu brettern. Auch Lisbeth sah ihnen dabei zu.

Ich buddelte weiter. Mein Loch war so tief, wie mein Arm lang war. Lisbeth las wieder. Inzwischen hatte ich herausgefunden, dass es eine Broschüre mit vielen Bildern war, die den Strand oder die Düne zeigten.

Ein kleiner scharfer Stein oder ein Muschelstück war unter meinen Fingernagel geraten. Ich stand auf, um meinen sandigen Finger an einem Handtuch abzuwischen. Dabei fiel mein Blick auf Lisbeths Lektüre. Das Bild, das sie gerade betrachtete, zeigte einen Bunker – und zwar nicht irgendeinen, sondern genau unseren.

»Was liest du da eigentlich?«, fragte ich sie, weil ich einfach zu neugierig geworden war.

»Ist was über den Ort und die *Aquitaine*.«

»Hä? Aqui-was?«

»Aquitanien. So heißt die Landschaft hier. Wasserland, sozusagen.«

»Und das Ganze liest du auf Französisch?« Ich schnappte nach Luft. Ja. Klar. Lisbeth machte es überhaupt nichts aus, seitenweise französischen Text zu lesen.

»Ich versteh natürlich nur die Hälfte«, wiegelte sie ab. »Aber es ist interessant.«

Die Hälfte!

»Hab ich aus dem Museum«, erklärte sie. »Stell dir vor, alle Bunker haben Nummern!«

Meine Mutter sah zu uns herüber, als fühlte sie sich durch unser Gespräch gestört.

»Aber der Atlantikwall hat eh nicht gehalten«, verkündete Lisbeth nach einer kleinen Pause. »Und eigentlich wussten das auch alle vorher. Am 6. Juni 1944 landeten dann ja die Amerikaner und Briten in der Normandie.«

»Guckt euch die an!«, rief meine Mutter da. Eine üppige Frau in einem viel zu knappen Goldbikini stolzierte an uns vorbei. An ihrer Hand ging ein kleines Mädchen, das den gleichen Goldbikini in Miniformat trug.

Lisbeth hob kurz den Kopf und vertiefte sich gleich wieder in ihre Bunkerbroschüre.

Die Frau im Goldbikini war jetzt an uns vorbei. Doch die Hauptsache kam erst! Ihre Hinterseite nämlich übertraf den Anblick ihrer Vorderseite bei Weitem, denn die Bikinihose war ein String-Tanga. Und auch das kleine Mädchen an ihrer Hand hatte sich die Bikinihose so in die Pofalte gestopft, dass sie aussah wie ihre Mutter. Aber es musste unbequem sein, denn jetzt zupfte sie an der Hose herum und zog sie aus der Pofalte heraus. Das Mädchen mochte vielleicht fünf Jahre alt sein.

»String-Tangas ruinieren den schönsten Hintern«, stellte meine Mutter seufzend fest. »Aber sie werden viel gekauft. In unserer nächsten Kollektion haben wir wieder sechs Modelle.«

»Nur sechs?«, fragte Lisbeth. »Das ist ja gar nichts. Bunkermodelle gibt es viel mehr. Also, zum Beispiel den *Regelbau M270* in dem *Stützpunkt Reichenberg* bei Arros, der *Typ 670* und *Typ 680* … Nicht zu vergessen natürlich der *Tobruk*, einer der meistge…« Lisbeth brach ab, weil sie merkte, dass keiner zuhörte oder zuhören wollte.

Meine Mutter machte ein angestrengtes Gesicht, so als verursachte ihr das Thema körperliche Schmerzen.

»Ich frage mich«, sagte mein Vater, setzte sich auf und sah den beiden String-Tanga-Damen nach, »was die Welt wohl weiter gebracht hat, String-Tangas oder Bunker?«

»Und ich frage mich«, sagte Lisbeth, »wie viele Leute eigentlich in so einen *Tobruk* passen.«

»Jedenfalls mehr als in einen String-Tanga«, sagte ich.

»Könnt ihr vielleicht mal aufhören?«, fuhr uns plötzlich meine Mutter an.

»Mit den String-Tangas?«, fragte ich. »Du hast doch damit angefangen.«

»Ich meine nicht die String-Tangas! Ihr ... ihr sollt euch nicht über die Bunker lustig machen.«

Mein Vater machte ein verblüfftes Gesicht. »Was hast du denn? Das waren doch nur blöde Witze.«

»Ich hasse blöde Witze. Schaut euch Lisbeth an! Die nimmt das Thema ernst!«

Wir schauten Lisbeth an, dann meine Mutter. Was hatte sie nur auf einmal?

»Neun Mal«, stellte meine Mutter beim Abendessen fest. Seit unserem Bunker-String-Tanga-Gespräch hatte sie nicht mehr viel gesprochen und in den Eintopf eindeutig zu viel scharfe Salami geschnitten. Mein Mund brannte. »Neun Mal hat sie in der letzten halben Stunde *merde* gesagt.«

»Wer?«, fragte Lisbeth.

»Unsere Nachbarin.«

»Psst«, machte mein Vater. »Man hört hier alles.«

Meine Mutter lachte nur, doch dann sagte sie etwas leiser: »Wer so oft *merde* sagt und dabei rülpst, versteht bestimmt kein Deutsch.«

»Eine gewagte Behauptung«, erwiderte mein Vater. »Meinst du wirklich, rülpsende Menschen sind in Fremdsprachen weniger bewandert als nichtrülpsende?«

»Ich weiß es nicht«, sagte meine Mutter. »Jedenfalls hat sie auch String-Tangas.«

Ich warf meiner Mutter einen Seitenblick zu. Was hatte sie nur? Jetzt fing sie wieder mit diesen String-Tangas an!

Auch Lisbeth schien das Thema weiter zu beschäftigen. Vor dem Abendessen hatte sie vor der spiegelnden Fensterscheibe gestanden, hatte sich ihre Bikinihose in den Pospalt gestopft und sich herumtänzelnd von hinten betrachtet.

»Übrigens«, bemerkte sie, »in einen *Tobruk* passen nicht unbedingt mehr Leute als in einen String-Tanga. *Tobruks* waren sehr klein und meistens nur für eine Person. Sie sind übrigens nach einer Stadt in Libyen benannt. Die Italiener hatten diese Bunkerart für den Wüstenkampf entwickelt ...«

Meine Mutter warf ihr einen finsteren Blick zu: »Ich hab euch doch gesagt, dass ich das alles nicht witzig finde.«

»Okay, reden wir über was anderes ...«, sagte mein Vater leichthin. »Über ...«

»Häusernamen«, schlug Lisbeth vor. »Versteht ihr das? Also, ich meine, nach welchen Kriterien den Häusern hier Namen gegeben werden. Drüben in der Straße gibt es ein Haus, das ist ziegelrot mit grünen Fensterläden, aber es heißt *La Maison bleue*.«

Ich zuckte bei dem Namen zusammen. Wann war Lisbeth dort gewesen?

»Ach, die Namen«, sagte mein Vater. »Die haben sicher nicht allzu viel zu bedeuten. Oder glaubst du, dass in der *Villa Isis* zu einer ägyptischen Göttin gebetet wird?«

»Hm«, machte Lisbeth.

»Und ich denke nicht, dass die Bewohner der *Villa Salammbo* wissen, was genau in diesem Roman von Flaubert steht.«

»Hm«, machte Lisbeth noch mal. »Aber wieso nennt jemand sein Haus *blau*, wenn es rot ist?«

»Vielleicht ist derjenige farbenblind«, schlug ich vor.

»Ein Farbenblinder verwechselt nicht Blau mit Rot, sondern Grün mit Rot«, besserwisserte Lisbeth. »Außerdem sind nur Männer farbenblind. Aber die Joggerin ist eindeutig eine Frau.«

»Die Joggerin wohnt im blauen Haus?«

»Ja, was erstaunt dich daran so? Sie muss ja schließlich irgendwo wohnen.«

»A ...aber ...«, stammelte ich. »In ... *dem* Haus?«

»Kennst du das Haus?«

»Ja ... ich meine ... nein. Aber ich glaube ... ich weiß, welches Haus du meinst.«

»Dann bist du bestimmt derselben Meinung wie ich.«

»Ich? Wie du?«

»Das Haus ist rot.«

»Ja ... ja.«

»Und hast du dich denn nicht gewundert, dass es *bleue* heißt?«

»Blau, blau«, sinnierte mein Vater. »Das ist bestimmt übertragen oder poetisch gemeint. Die *blaue Blume*, das ist ein Begriff in der Romantik ...«

Ich sah ihn verständnislos an. Was für eine Romantik?

»Oder es war früher blau angestrichen, ganz einfach«, schlug meine Mutter vor.

»Bist du sicher«, fragte ich Lisbeth, »dass die Joggerin dort wohnt? Vielleicht hat sie nur wen besucht.«

»Sie hatte einen Schlüssel.«

»Kaum zu glauben, dass diese Verrückte irgendwo wohnt«, sagte meine Mutter. »Ich dachte, die läuft einfach immer.«

»Nein, das tut sie nicht«, widersprachen Lisbeth und ich gleichzeitig. Wir sahen uns an. Ich glaube, Lisbeth war diese Gleichzeitigkeit genauso unangenehm wie mir.

»Sie bleibt manchmal stehen«, sagte ich deshalb schnell, vor allem, um schneller zu sein als Lisbeth. »Am Bunker.«

»Am Bunker? Warum am Bunker?«

»Keine Ahnung«, sagten Lisbeth und ich schon wieder gleichzeitig.

»Wie man sich in Menschen täuschen kann«, stellte meine Mutter fest und räumte den Tisch ab. Dabei murmelte sie etwas von »mal diesen Bunker in Ruhe lassen« vor sich hin.

O. T.

»Woher weißt du eigentlich, dass die Joggerin da wohnt? Bist du ihr gefolgt?«, fragte ich Lisbeth, nachdem meine Eltern zu einem abendlichen Strandspaziergang aufgebrochen waren.

Wir hockten auf der Terrasse. Es beunruhigte mich, dass mir Lisbeth mein Revier streitig machte. Verfolgen war eindeutig mein Fachgebiet.

»Nicht direkt«, erklärte sie, betrachtete ihre Fingernägel und pulte ein paar Sandkörner darunter heraus.

Ich hatte auch dauernd Sand unter den Nägeln. Überall war dieser Sand, in den Haaren, im Bett, sogar in meinem Smartphone.

»Es hat sich so ergeben. Sie heißt übrigens L. Didier. So steht es auf dem Klingelschild.«

»Das Haus ist zu vermieten«, wandte ich ein. »Es muss nicht ihr Name sein.« Ich dachte an den alten Mann.

»Wieso denn nicht? Vielleicht hat sie es ja für länger gemietet. Viel seltsamer als das finde ich ohnehin, dass sie immer am Bunker stehen bleibt.« Lisbeth machte eine Pause und dachte nach. »Doch am allerseltsamsten ist eigentlich, dass ich die Nummer dieses Bunkers nicht herausfinden kann.«

Ich zuckte mit den Schultern. »Ach. Ich finde es eher seltsam, dass die Bunker überhaupt nummeriert sind.«

»Das ist nicht seltsam. In Deutschland wird immer alles nummeriert.«

»Wir sind nicht in Deutschland.«

»Aber die Bunker wurden von Deutschen gebaut. Das heißt, das stimmt nicht ganz. Gebaut wurden sie meistens von französischen Zwangsarbeitern.« Lisbeth sah mich prüfend an. Wahrscheinlich versuchte sie herauszufinden, ob ich mit dem Begriff *Zwangsarbeiter* etwas anfangen konnte. Konnte ich nicht. Aber ich machte ein schlaues Gesicht.

Sie fuhr fort: »Verantwortlich allerdings für den gesamten Bunkerbau war die *Organisation Todt*.«

»Krass! Dass die Nazis damals gleich eine Organisation so nannten. *Tod*.«

»Nicht Tod oder tot, sondern T-O-D-T. Nach Fritz Todt. Der war ab 1933 für den Bau der deutschen Autobahnen verantwortlich. Er hatte über das Thema *Fehlerquellen beim Bau von Landstraßen aus Teer und Asphalt* promoviert und gab eine Zeitschrift heraus, die sich *Die Strasse* nannte. Also wirklich ein Mann vom Fach.«

»Bunker sind aus Beton, nicht aus Asphalt«, wandte ich ein.

»Vom Asphalt zum Beton ist es nur ein kleiner Schritt. 1938 jedenfalls gründete er die *Organisation Todt*, die dann ab 1941 den Bau des Atlantikwalls übernahm.« Lisbeth holte ein kleines Büchlein aus ihrer Tasche und schlug es auf.

»Was tust du?«, wollte ich wissen.

»Ich schreib was auf.«

»Und was schreibst du auf?«

»Och, ich schreibe fast alles auf.«

»Wozu denn?«

»Damit ich nichts vergesse.«

Ich äugte auf das Büchlein. »*Fast alles* kann ja nicht viel sein, wenn es in so ein kleines Buch passt.«

»Es ist mein siebtes Buch. In diesem Jahr. Außerdem hast du recht. *Fast alles* ist nicht viel. *Fast alles* ist sogar eher wenig.«

»Versteh ich nicht. *Fast alles* muss viel sein.«

»Es gibt nicht so viele wirklich wichtige Dinge auf der Welt«, sagte Lisbeth. »Dafür aber eine Menge unwichtige. Und meine kleinen Bücher helfen mir, das auseinanderzuhalten.«

»Und das?« Ich deutete auf ein schwarzes Viereck in ihrem Büchlein. Längen- und Breitenmaße standen daneben.

»Das ist der Bunker. Ich habe mithilfe seiner Abmessungen versucht, herauszufinden, um was für eine Sorte Bunker es sich handelt und wozu er genau diente. Über unseren Bunker steht nämlich nichts in diesem Heft, das ich am Strand gelesen habe.«

Einen Augenblick lang fand ich es merkwürdig, dass Lisbeth *unser Bunker* sagte. Aber ja: Es war unser Bunker. Wir sahen ihn jeden Tag, wir gingen jeden Tag hin, zu dem schwarzen, merkwürdigen Wesen, das wie ein gestrandeter Wal im Sand lag.

»Irgendetwas ist merkwürdig mit ihm. Das sagt auch Jean-Luc.«

Lisbeth sprach den Namen extrem französisch aus.

»Wer ist Jean-Luc?«

»Unser *sauveteur.*«

Ich schüttelte den Kopf. Gewiss stand auf den T-Shirts der Bademeister *sauveteur*, also *Retter.* Aber musste man das so bescheuert französisch aussprechen?

»Und was sagt dein Schonglük, dein Sofftöör?«, fragte ich.

Lisbeth schien meinen Spott gar nicht zu bemerken.

»Ich hab ihn nicht ganz genau verstanden, aber ich glaube, er sagte, beim Bunker sei vor vier Wochen eine Frau ertrunken. Offiziell war es ein Surfunfall, aber Zeugen behaupten, dass die Frau gar keine Surferin war. Es wurde zum Beispiel nie ein Surfbrett gefunden.«

»Und das hast du alles verstanden?« Ich selber verstand nämlich kein Wort von dem, was die Bademeister so redeten.

»Nein, nein. Das hat mir Marc erzählt.«

»Der Vater von Nick?« Ich senkte die Stimme. Wir konnten alles hören, was die Nachbarn sprachen und sagten. Also konnten sie auch uns hören.

»Ja, er hat mir erzählt, dass die Tote nach wie vor nicht identifiziert wurde. Aus der Gegend hier ist sie wohl nicht, eher eine Urlauberin, vielleicht eine Surferin, denn sie trug einen Neoprenanzug.«

Eine Weile dachte ich darüber nach, was Lisbeth gesagt hatte. Marc wusste allerhand. Das sprach für die Agenten-Theorie. »Und woher weiß Marc das alles?«, fragte ich.

»Keine Ahnung. Er kennt sich jedenfalls hier ziemlich gut aus und spricht perfekt Französisch.«

»Er ist ein bisschen eigenartig, oder?«

Lisbeth zuckte mit den Schultern. Sie warf mir einen Tennisball zu. Der Ball war von unseren Vormietern übrig geblieben. Er war schmutzig gelb und hatte in der Ecke der Terrasse gelegen. »Ich finde die ganze Familie eigenartig«, sagte sie.

Von drüben kam mal wieder das Wort *merde*.

Ich warf den Ball zurück. Sie fing ihn und warf schärfer. So ging das ein paarmal hin und her. Dann aber holte ich zu weit aus und der Ball landete auf dem Bungalowdach.

»Merde«, sagte Lisbeth und kicherte.

»Mist. Jetzt liegt er da oben.«

»Da kommst du sicher hoch.« Lisbeth deutete auf das Dach.

Es mochten vielleicht zweieinhalb Meter sein. Mithilfe des Tischs würde ich leicht hinaufsteigen können.

Wir verrückten also den Tisch und ich kletterte aufs Dach. Rasch hatte ich den Tennisball und fand bei der Gelegenheit noch drei weitere, außerdem ein verrottetes aufblasbares Krokodil.

Ich warf alles zu Lisbeth hinunter und sah mich um. Weiße, halbrunde Plexiglashauben ragten in regelmäßigen Abständen aus dem schwarz-grauen, flachen Dach heraus. Das waren die Oberlichter der Badezimmer. Interessant. So konnte man zu allen Bungalows gelangen. Ich machte ein paar Schritte auf der Dachpappe in Richtung unserer französischen Nachbarn und spähte über die Dachkante auf deren Terrasse. Gerade war da keiner. Dafür lag auf dem Tisch eine Karte oder ein Plan ausgebreitet. Zu sehen war darauf irgendeine Grundfläche, die dunkel schraffiert war.

Über dem Wäscheständer an der Wand hingen zwei Neoprenanzüge, daneben stand eine lange Stange, an der unten eine Art Scheibe befestigt war. Ganz hinten in der Ecke standen zwei Tauchgeräte. Merkwürdig, dachte ich. Der Atlantik hier war für allerlei bekannt: für lange Strände, tolle Wellen, Austern und Dünen. Auch fürs Surfen und Kiten. Aber nicht fürs Tauchen.

»Was ist los?«, rief Lisbeth.

Ich trat zurück und ging wieder zum Dach unseres Bungalows. Ich beugte mich zu Lisbeth, die jetzt auch auf dem Tisch stand. »Die da drüben sind Taucher.«

»Echt? Aber wer taucht denn hier? Und vor allem die? ... Das will ich sehen. Los, hilf mir mal hoch.«

Lisbeth war federleicht. Im Nu war sie oben. Vorsichtig, um auf der Dachpappe keinen Lärm zu machen, schlichen wir zum Nachbarbungalow. Lisbeth kniete sich hin. »Tatsächlich«, flüsterte sie. »Zwei Tauchgeräte. Dass die Frau mit ihren Speckröllchen überhaupt in so einen Neoprenanzug passt? ... Und was ist das? ... Was steht da auf diesem Plan? Ich kann's nicht lesen ... Aber warte!« Sie holte ihr Smartphone aus der Tasche und machte ein Foto von der Karte.

»Und was ist wohl dieses Dings da?« Ich deutete auf die Stange mit der Scheibe unten dran.

»Das ist ein Metalldetektor, glaub ich.«

Plötzlich hörten wir aus dem Bungalow Stimmen. Die Frau kam auf die Terrasse zurück. Sie nestelte am Verschluss ihres Jeansrocks und fluchte vor sich hin. Jetzt kam auch der Mann heraus, deutete auf den Plan und sagte: »Merde!« Dann faltete er den Plan zusammen und verschwand im Haus.

Wir zogen uns ebenfalls zurück und kletterten hinunter.

Wieder auf unserer Terrasse, holte Lisbeth aus dem Haus ihren Laptop. Per Bluetooth zog sie das Handyfoto auf den Computer. »Bin mal gespannt.«

Das Foto war nicht besonders scharf und die dünneren Linien waren ganz verschwommen. Aber einen Schriftzug konnte man erkennen. »Das ist unser Bunker«, murmelte sie »Da sind dieselben Maße angegeben, die ich herausgefunden habe ... und da steht ... *Gi311*. Das ist also die Nummer von unserem Bunker.«

»Bufftschakakatschakatschakabuff! Ja, wir kriegen euch!«

Das war doch Nick! Seine Stimme und andere Geräusche kamen aus der Hecke. Ich ging hin.

»Bufftschakakatschakatschakabuff!«

Dann sah ich Nicks gestreiftes T-Shirt drüben bei dem verfallenen Schuppen. Ich kroch durch das Loch in der Hecke. Was in aller Welt trieb er dort drüben?

»Bufftschakakatschakatschakabuff! Und jetzt mitkommen!« Nick kam jetzt hinter dem Schuppen hervorgesprungen. Er hielt ein imaginäres Maschinengewehr und ballerte damit herum.

»Nick!«, rief ich. »Was tust du da?«

»Ich spiele Nazi!«

»Waas?«

»Nazi. Ich bin Nazi und fange Juden.«

»Nick! Hör auf damit!«

»Warum?«

»Das darf man nicht spielen.«

»Warum nicht?«

Ich schwieg und hörte mir das nachgemachte Maschinengewehrgeknatter an.

»Heil Hitler!«, schrie Nick.

»Nick! Das darf man nicht sagen.«

»Umit auf meiner Schule fagt daf auch immer.«

»Dann sag deinem komischen Umit mal, dass man dafür ins Gefängnis kommen kann.«

»Echt?« Nick bohrte einen Moment lang beeindruckt in der Nase. Dann sagte er: »Kinder werden nicht eingesperrt. Und Lifbeth hat ef auch erzählt.«

»Was hat Lisbeth erzählt?«

»Dass die Nazif die Juden gefangen haben. Und in die Bunker gesperrt.«

»Das hat Lisbeth erzählt?«

»Ja ... alfo, glaub ich.« Er hob wieder sein Maschinengewehr.

»Nick!«, rief ich mit unterdrückter Stimme, denn ich sah, wie ein junges französisches Paar sich der Tischtennisplatte auf unserer Ferienanlage näherte. Sie waren keine zehn Meter von uns entfernt. »Nick, hör auf mit diesem Spiel. Bitte.«

»Du darfft mir gar nichtf befehlen.«

»Aber deine Mutter!«, sagte ich leise. Und das erste Mal war ich froh, dass Elke herangestöckelt kam. Zu ihrer Diamantbrille trug sie heute auch Diamantbadelatschen.

»Nick! Was machst du da drüben? Das ist gefährlich! Der Schuppen könnte einstürzen ... Wirklich!«, zeterte sie. »Ihr bringt den armen Jungen nur auf Schnapsideen.«

Ich kehrte zum Bungalow zurück. Lisbeth war in die Bunkerbroschüre vertieft.

»Mann«, sagte ich. »Was hast du bloß Nick erzählt?«

»Ich? Wann? Was?«

»Über den Krieg.«

»Nichts Besonderes. Ich hab ihm halt die Weltlage damals erklärt.«

»Die Weltlage, soso.«

Ich setzte mich auf den weißen Terrassenstuhl. Er knarzte, denn er hatte einen Riss in der Sitzfläche. Auf dem Tisch lagen Mamas Zeichenblätter. Sie zeichnete im Urlaub immer und hier hatte sie versucht, einen Schubkarren zu zeichnen. Ich stutzte. Das war doch der rostige Schubkarren neben dem Schuppen. Wann war Mama denn da drüben gewesen? Ich hob das Blatt mit dem Schubkarren hoch. Darunter lag eine Zeichnung des Bunkers. Er war dick schwarz schraffiert, das Grafit glänzte richtig, darunter hatte sie etwas aufgeschrieben, Zahlen, aber sie waren durchgestrichen und kaum lesbar. Seltsam. Alle schienen sich für die genauen Ausmaße des Bunkers zu interessieren. Ich legte das Bild mit dem Schubkarren wieder darauf.

»Nick hat gerade Nazi gespielt«, erklärte ich Lisbeth. »Da drüben. Er behauptete, du hättest ihm erzählt, die Juden wären in den Bunkern gefangen gehalten worden.«

»Waaaas? Niemals hab ich das erzählt!«

Ich zuckte mit den Schultern. »Auf jeden Fall ist das bei ihm irgendwie alles falsch angekommen. Er hält, glaube ich, Nazis für Helden.«

»Oh«, sagte Lisbeth. »Ich habe ihm aber schon gesagt, dass die Nazis böse waren.«

Mein Vater kam auf die Terrasse. »Was redet ihr da?«

»Nichts«, sagte Lisbeth.

»Ich hab doch das Wort *Nazi* gehört.« Mein Vater hatte die Stimme gesenkt.

»Ach, wir haben nur über Nick geredet.«

»Ihr könnt reden, was ihr wollt, aber nicht so laut. Vor allem nicht über Nazis. Wir sind hier in Frankreich.«

»Ja und? Ich meine, man wird doch noch über das Thema reden dürfen.«

»Auch wenn unsere Nachbarn kein Deutsch sprechen, das Wort *Nazi* verstehen sie. Sie könnten denken …« Mein Vater brach ab.

»Aber ich hab nur was erklärt.«

»Ja, aber man muss da … die Franzosen …«

»Wenn man über den Krieg redet, muss man auch über die … Na… Nationalsozialisten … sprechen«, sagte Lisbeth. »Deswegen sind wir doch noch längst keine … äh … Dings eben.«

Ihre Stimme klang trotzig, und sie murmelte leise vor sich hin: »Mich würde wirklich interessieren, warum man dieses Wort nicht sagen darf.«

»Nick ist eh ziemlich bescheuert«, sagte ich, um alle zu besänftigen, denn im Grunde war das ja ein Thema, bei dem alle einer Meinung waren. »Er spielt da drüben in dem Gelände Krieg, jagt Juden und schreit *Heil Hitler*.«

»Konrad! Psssst! *Heil Hitler* versteht doch hier jeder!« Mein

Vater seufzte schwer. »Vielleicht hätte lieber ich den Zweiten Weltkrieg erklären sollen.«

»Aber ich …«, setzte Lisbeth zu einer Verteidigung ihrer Erklärkünste an.

»Ja«, sagte mein Vater. »Es wäre meine Pflicht gewesen. Stattdessen mach ich's mir bequem und lasse das ein dreizehnjähriges Mädchen tun.«

»Ich hab das gar nicht so schlecht erklärt. Kann ich doch nichts dafür, dass Nick so bescheuert ist!« Lisbeth wirkte ziemlich verzweifelt.

»Sag ich doch. Nick ist superbescheuert. Autsch.«

Ich hatte mir meinen Po im Riss der Sitzfläche eingeklemmt.

Elegant wie eine Dame trippelte Lisbeth vor uns her; mehrmals pappte sie ihr Haar, das sie extra frisch gewaschen hatte, mithilfe von etwas Gel und einer Menge Haarspangen an den Kopf. Sie trug ein blasstürkisfarbenes, paillettenbesetztes, rückenfreies Kleid und Riemchensandalen. Ich wusste gar nicht, dass sie so was dabeihatte.

Unterhalb des Bademeisterhäuschens, vor der Informationstafel, auf der die Bademeister jeden Tag die Zeiten von Ebbe und Flut sowie Windstärke und Windrichtung eintrugen, blieb sie stehen.

»12.59 Uhr basse mer«, las Lisbeth vor. Wieder schüttelte sie ihr Haar. Ich fand es albern, dass sie nicht Ebbe sagte, sondern *basse mer*. Ich fand es auch albern, dass sie mehrmals den Koeffizienten vorlas und auch das Wort *Koeffizient* überflüssigerweise französisch aussprach. Immer wieder. Dabei wusste keiner von uns, nicht mal sie selbst, was der Koeffizient genau war. Im Moment lag der Wert bei 112. »Er ist höher als gestern«, stellte sie fest. »Dabei war gestern Vollmond. Ich verstehe das nicht.«

Ich zuckte mit den Schultern. Lisbeth glotzte weiter auf die Tafel und drehte ihre Haare ein.

Oben beim Wasserwachthäuschen stand Jean-Luc. Er schaute durch ein Fernglas. Plötzlich legte er es beiseite und rief seinem kurzhaarigen Kollegen etwas zu. Dann sprangen sie eilig in ihren Jeep und brausten damit die Düne herunter, knapp an uns vorbei in Richtung Strand. Lisbeth hob die Hand und winkte. Jean-Luc winkte zurück; Lisbeth strahlte über ihr ganzes Gesicht.

O Gott, wie peinlich, dachte ich und stapfte durch den Sand davon. Sie ist in einen Bademeister verliebt!

Meine Eltern hatten sich diesmal woanders hingelegt; weiter hinten, denn der Strand war voller als die Tage zuvor.

»So weit hinten?«, fragte Lisbeth enttäuscht.

»Weiter vorne legt sich wahrscheinlich wieder Elke hin«, erklärte mein Vater. »Und ich habe nicht sooo viel Lust auf Elke.«

»Aber hier sind wir sooo weit weg«, wandte Lisbeth ein.

»Wovon denn?«, wollte mein Vater wissen.

»Von der Badezone«, sagte Lisbeth schnell.

Jean-Luc stand jetzt auf der Ladefläche seines Jeeps und blies in eine Trillerpfeife. Dabei schwenkte er die Arme. Ich kniff die Augen zusammen. Jemand schwamm gerade aus der

Badezone heraus. Meine Mutter zupfte an ihren Haaren. »Ich weiß nicht«, sagte sie. »Die Bademeister sehen hier zwar um einiges besser aus als in Deutschland, aber findet ihr nicht, dass sie es mit ihrer Vorsicht übertreiben?«

»Keinesfalls«, sagte mein Vater. »Ich erinnere dich bloß an meinen ehemaligen Linguistik-Professor, Monsieur Benancourts. Er war *Ironman*-Teilnehmer und geübter Schwimmer. In den Sommersemesterferien vor zwanzig Jahren trainierte er im Atlantik. In den Weihnachtsferien fand man seine Leiche hundert Kilometer nördlich seines Badeorts.« Er machte eine Kunstpause. »Hier gibt es gefährliche Strömungen.«

»Kann man gegen die nicht anschwimmen?«, fragte meine Mutter. »Als *Ironman*-Teilnehmer?«

Mein Vater schüttelte den Kopf. »Keine Chance. Gegen so eine Strömung hilft kein *Ironman*.«

Lisbeth sah wieder zu den Bademeistern hinüber. Jean-Luc war vom Jeep gesprungen und schwenkte immer noch seine Arme. Der Badende hatte jetzt wieder festen Boden unter den Füßen und watete auf Jean-Luc zu. Jean-Luc sprach auf ihn ein. Der Badende nickte und kehrte zu seiner Decke zurück.

Jean-Luc stieg wieder auf seinen Jeep, sein Partner fuhr plötzlich los. Der Wagen brauste Richtung Norden davon. Lisbeth stand auf, zog ihre rosa Fusseljacke an und sagte: »Ich geh mal ein bisschen spazieren.«

Schubkarren

Ich folgte Lisbeth. Der Sand war nah am Wasser hart und feucht. An manchen Stellen war er so hart, dass man nicht einmal Fußabdrücke hinterließ. Bald hatte ich sie eingeholt.

»Dauernd rumliegen ist langweilig. Ich will mal dahin.« Sie zeigte auf ein lang gezogenes, ziemlich hässliches Gebäude weiter nördlich, das direkt hinter der Düne stand. »Außerdem ist da noch ein Bunker.«

Ich war mir ziemlich sicher, dass sie sich nicht so sehr für das Haus oder den Bunker interessierte, sondern nur für die Bademeister, die mit ihrem Jeep in diese Richtung gefahren waren. Trotzdem war es eine gute Gelegenheit, sie etwas zu fragen.

»Apropos Bunker. Hast du auch das Gefühl, dass … mit dem Bunker … irgendwas Merkwürdiges ist? Ich meine, hm, das klingt jetzt albern, aber … vielleicht ist der Bunker ja … verflucht …«

Lisbeth lachte spöttisch. »Und ein Geist lebt darin! Uuuhhuuu.«

»Lach nicht. Kann doch sein. Vielleicht ist im Krieg ein Soldat darin gestorben und jetzt lockt sein Geist die Leute an. Die Leute klettern bei Ebbe rein, bleiben stecken und bei Flut ertrinken sie.«

»Klingt gut«, sagte Lisbeth.

Sie ging mir schon wieder auf die Nerven. Natürlich gab es keine Gespenster. Das wusste jedes Kind. Aber wenn doch?

»Oder ein Nazigeist«, fuhr sie fort. Ihre Stimme war jetzt noch spitzer als vorher.

»Hör auf mit den Nazis!«

»Wieso? Bist du wie dein Papa? Darf man bei dir das Wort auch nicht sagen? Als wenn dadurch, dass man das Wort nicht sagt, die Nazis auf der Welt verschwänden. Schau mal, ich kann ›Nazi‹ sagen, sooft ich will, und es ändert nichts an der Zahl aller toten und lebendigen Nazis. Nazi, Nazi, Nazi, Nazi ...«

»Hör auf!«, schrie ich sie an.

»Es hört mich doch hier niemand.«

»Na und! Darum geht es doch gar nicht. Außerdem hört es vielleicht ... Gott.«

»Gott?« Lisbeth verstummte. »Du glaubst doch nicht etwa an Gott?«

Ich schwieg. Ja, ich glaubte an Gott. »Hör einfach auf mit deinem Gerede!

»Du bist vielleicht komisch. Glaubst an Gespenster und Gott und daran, dass man Nazis zum Verschwinden bringt, indem man nicht über sie spricht.«

»Na und? Ich will eben über manche Sachen nicht sprechen.«

Schweigend gingen wir weiter. Als wir von dem lang gezogenen Gebäude, einem glatten, weiß gestrichenen Wohnblock, nur noch etwa 100 Meter entfernt waren, blieb Lisbeth stehen. »Das Haus sieht aus wie ein Hotel«, sagte sie. »Es steht leer. Guck mal, manche Fenster sind eingeschlagen.«

Ich war froh, dass wir endlich ein anderes Thema hatten. Lieber 1000 verfallene Häuser als noch ein Nazi.

Lisbeth warf einen kurzen Blick zu den Bademeistern hinüber, die sich am Strand mit zwei Surfern unterhielten.

Dann deutete sie auf die Düne. »Komm, wir gehen hier hoch.«

Natürlich wollte sie im Sichtfeld der Bademeister bleiben und drehte sich immer wieder nach ihnen um, weswegen sie im tiefen Sand auch immer wieder zurückrutschte.

Endlich waren wir oben. Von dort blickte man auf eine Art sandige Ebene mit ein paar graugrünen, ledrigen Pflanzen. Mitten aus dem Sand ragte grauer Beton.

»Aha«, stellte Lisbeth fest. »Das ist er also, der *Gi310* ... gehört zum Stützpunkt *Sagan* übrigens ... Die Stützpunkte hatten alle Namen, meist nach Städten. *Reichenberg, Kronach* und so«, erklärte Lisbeth, als wir ganz oben standen.

Sie zeigte auf den Betonklotz in etwa 30 Metern Entfernung. Er war halb ausgegraben und relativ gut erhalten.

»Die ganzen Bunker hier bildeten die Festung *Gironde-Süd.* Hast du gewusst, dass sich in diesen Bunkern deutsche Soldaten bis kurz vor der Kapitulation im Mai 1945 versteckten und den Stützpunkt zu verteidigen versuchten, obwohl Frankreich längst befreit war? Die waren so verblendet. Die dachten bis zum Schluss, Deutschland wäre gut und Deutschland hätte recht. Dabei ...«

Jetzt fing sie wieder mit diesen Geschichten an. Ich kniff

die Lippen zusammen. Nein, ich wollte darüber nicht mehr reden.

»Ach«, sagte ich. »Was betrifft das uns? Wir sind doch keine Nazis.«

»Wir nicht, aber …«

»Wer denn? Typen mit LONDSDALE-Pullis aus Brandenburg?« Das erzählten meine Eltern manchmal: dass es in Brandenburg Nazis gebe; und die würden LONDSDALE-Pullis tragen, weil die Buchstaben NSDA fast die Abkürzung NSDAP bildeten.

»Vielleicht. Aber vielleicht auch unsere Opas.«

»Quatsch. Opa war da doch erst fünf.«

Lisbeth kratzte sich am Kopf. »Hm, stimmt. Aber ist ja auch egal. Mich interessiert es eben. Zum Beispiel die Sache mit diesen beknackten Soldaten, die in den Bunkern ausharrten, obwohl alles längst klar war.«

»Aber vielleicht war es für diese Soldaten ja gar nicht so klar.«

»Du verteidigst die? Du verteidigst Dummheit und Ignoranz?«

»Ich? Was? Ich verteidige gar nichts. Ich hab mir nur vorgestellt, ich …«

»Das brauchst du dir gar nicht vorstellen!« Lisbeth war jetzt richtig wütend. Ich wusste eigentlich gar nicht genau, warum.

»Es ist absolut überflüssig, sich in Dummheit und Verblendung hineinzuversetzen.«

Ich zuckte hilflos mit den Schultern. Eigentlich wusste ich

gar nicht genau, was das war: Verblendung. Es musste irgendwie heißen, dass man nicht richtig sah. Ja, das bedeutete es wohl.

Wir standen jetzt vor dem Bunker, der im Dünensand schon etwas verrutscht zu sein schien. So schief hatten ihn die Nazis jedenfalls bestimmt nicht gebaut.

Ich betrachtete die Luken, die Tür, die mir sehr niedrig vorkam, die rostigen, aber massiven Stahlträger und die runde Kuppel obendrauf. Der Bunker wirkte auf mich, schief und verwittert, wie er war, wie ein kleiner Betonwürfel im unendlichen Sand. Aber richtig kaputt ging er nicht, das faszinierte mich. Er war immer noch als Ganzes erhalten.

Oben auf dem Bunker gab es eine Art eingezäunte Besucherplattform mit Informationstafeln. Im Gegensatz zu dem halb versunkenen Bunker an unserem Strand konnte man sich bei diesem Bunkerexemplar zumindest einigermaßen vorstellen, wozu er gedient hatte. Ich beäugte die treppenförmige Schießscharte.

»Viele Bunker sind übrigens nach dem gleichen Konzept gebaut«, erklärte Lisbeth und riss mich aus meinen Betrachtungen. »Regelbauten nennt man das. Hab ich ja schon mal erwähnt. Dieser Stützpunkt bestand aus mehreren Bunkern. Der große da, das ist ein Gefechtsbunker, und dazu gehören noch diese anderen Bauten, auch unserer wahrscheinlich. Man hat sie nach fertigen Mustern gebaut. Hier zum Beispiel der *L409* und der *L407* mit dem *H502*. Die Buchstaben- und Zahlenkombinationen bezeichnen die Typen.«

Bunker waren also so eine Art Fertighäuser, dachte ich.

Eigentlich nicht uninteressant, was Lisbeth erzählte. Aber ehrlich gesagt fehlte mir in den unendlichen Weiten der Geschichte total die Orientierung. Erster Weltkrieg, Zweiter Weltkrieg, irgendwie verwechselte ich beides immer wieder. Es war ja auch beides so weit weg. »Und ... äh ... wann noch mal wurde Frankreich befreit ... und von wem eigentlich?«

Lisbeth riss den Mund auf. »Konrad! Das weiß man doch. Von den Deutschen!«

»Ja, ja, das ... das ... weiß ich doch auch«, stammelte ich. »Ich meine, wer hat Frankreich von den Deutschen befreit?«

»Die Alliierten.«

»Ah.«

Ich hatte keine genaue Vorstellung davon, wer oder was die *Alliierten* waren, aber ich wagte nicht noch einmal eine dumme Frage zu stellen.

»Und zwar Ende August 1944«, fügte Lisbeth hinzu. »Die Deutschen hockten danach noch über ein halbes Jahr in diesen Bunkern.«

»Wie jetzt?«

»Na ja, die Alliierten waren in Frankreich einmarschiert, hatten es befreit, aber eben nicht überall. In manchen Bunkern blieben die Deutschen einfach drin. Noch ungefähr acht Monate lang. Das ist ja das Krasse. Acht Monate lang in so einem Bunker!« Sie machte eine Pause. »In Anbetracht dieser Tatsache«, redete sie weiter, »ist es nicht völlig absurd, über eine verirrte, spukende Seele in so einem Bunker nachzudenken. Trotzdem meine ich ... Ach, guck mal, wer da ist.«

Hinter dem Bunker, halb verdeckt und auf einem Klappstuhl, saß Marc. Er trug wieder seine schmierige Pilotenbrille und schrieb etwas in einem Notizbuch auf.

»Komm, schnell weg!«, flüsterte ich.

»Wieso? Dürfen wir hier nicht sein?« Lisbeth sah mich an und schüttelte den Kopf. »Warum soll er uns denn nicht sehen? Oder ist das genauso verboten, wie im Urlaub das Wort *Nazi* auszusprechen?«

»Sei still.«

Lisbeth schüttelte den Kopf. »Du bist vielleicht seltsam. Warum machst du alles heimlich?«

»Ich? Ich mach doch gar nichts heimlich.«

»Hallo, ihr zwei!«, rief da Marc. Er winkte uns zu.

Lisbeth winkte zurück und stapfte durch den Sand auf Marc zu. »Was machst denn du hier?«, fragte sie.

O Gott, dachte ich. Wie konnte man jemanden, der womöglich Agent war, einfach so direkt ansprechen?

»Ich denke nach«, erklärte Marc. Er trug beige Bermudashorts, dazu Lederschuhe. Sein Polohemd war dunkelblau. War diese Art der Kleidung Tarnung? »Und ihr?«

»Wir tun dasselbe«, sagte Lisbeth.

»Und worüber denkt ihr nach, wenn ihr die Frage gestattet?«

»Über Bunker.«

»Nein, so etwas! Auch ich denke über Bunker nach.«

»Das wundert mich nicht«, antwortete Lisbeth. »Die Bunker drängen sich hier ja geradezu auf.«

»Dann habt ihr sicher auch schon von dem Gerücht vom Gold gehört?«

»Was für Gold?«

»Ach, es hält sich seit Jahren das Gerücht, dass in dem halb versunkenen Bunker da vorn am Strand, wo ihr immer liegt, Gold versteckt sei. Vor ein paar Jahren wurde der Bunker deswegen sogar offiziell ein Stück weit freigelegt. Aber dann gab es im Winter diesen schlimmen Orkan ... ein Arbeiter kam dabei ums Leben. Letztes Jahr dann diese Sturmflut. Der Atlantik rückt immer näher. Bald wird der Bunker ganz und gar vom Meer verschluckt sein.«

Die Stürme interessierten mich nicht, wohl aber das Gold.

Lisbeth wandte ein: »Aber wenn da wirklich Gold drin wäre, dann hätte es doch inzwischen längst jemand gefunden.«

Marc zuckte mit den Schultern. »Sollte man meinen. Aber irgendwas muss dran sein an der Geschichte. Man hat sogar mithilfe von Metalldetektoren gesucht. Aber so ganz eindeutig waren die Messungen wohl nicht. Wie gesagt, es handelt sich nach wie vor um ein Gerücht. Ein Mann aus diesem Haus da drüben hat es mir erzählt.« Marc deutete auf das leer stehende Gebäude.

»Das steht doch leer.«

»Erst seit diesem Winter. Wie gesagt, da wütete dieser Sturm und riss einen Teil der Düne ins Meer. *Les Sables*, so heißt das Haus, ist einsturzgefährdet. Ihr seht ja, wie knapp es an der Kante steht. Die Bewohner mussten alle ausziehen. Aber ich war letzten Sommer hier, da lernte ich einen Mann aus diesem Haus kennen. Und der erzählte mir davon.«

Ich musterte Marc. Merkwürdiger Typ. Für einen Agenten war er erstaunlich redselig. Wenn an der Goldgeschichte etwas dran war, weshalb posaunte er die Sache in der Welt herum? Zwei *Mirage 2000* donnerten über unsere Köpfe hinweg.

»Dann machst du hier öfter Urlaub?«, fragte Lisbeth, als es wieder leiser war.

Marc lachte. »Urlaub nicht direkt ... Aber es stimmt ... ich bin öfter hier.«

»Oh, guck mal, Konrad! Ein Kitesurfer. Lass uns runter zum Strand gehen!« Lisbeth zeigte auf ein neongelbes Segel, an dem an kaum sichtbaren Seilen ein Mann mit Surfbrett hing. Aber das war natürlich nicht die Hauptattraktion. Vielmehr waren die Bademeister wieder in ihren Jeep gestiegen und fuhren wieder zurück zur Badezone. Lisbeth rannte los.

»Na, dann viel Spaß euch noch«, sagte Marc und nahm wieder sein Notizbuch.

Der Jeep fuhr nicht weit und blieb nach etwa hundert Metern stehen. Die Bademeister stiegen aus und betrachteten eine Metallstange, die aus dem Sand ragte. Jean-Luc rüttelte kurz daran, dann winkte er ab. Sie stiegen wieder in den Jeep und fuhren davon.

Lisbeth zog ihr kleines Büchlein aus der Tasche ihres gestreiften Pullis und notierte etwas. Ich äugte hinein. Sie hatte geschrieben: *Metallstange, nachprüfen.* Als sie meinen Blick bemerkte, schlug sie das Buch rasch zu. »Seltsame Stange, oder?«

»Na ja, halt eine Stange.«

»Komm, wir gehen mal hin.« Sie rüttelte an der Stange. »Das ist ja ... die Schubkarre!«

»Die?«, fragte ich. Wieso benutzte sie einen bestimmten Artikel? Sie kannte den Schubkarren doch gar nicht!

»Na ja, oder der«, antwortete Lisbeth. »Ich glaube, in Bayern sagt man ›der Schubkarren‹ und im Norden eher ›die Schubkarre‹.«

»Nein, ich meine ...« Ich verstummte. Das war ganz eindeutig der Schubkarren, der noch vor Kurzem an dem Schuppen hinter unserer Ferienanlage gelehnt hatte.

Lisbeth zerrte das rostige Ding ganz aus dem Sand.

»Komisch«, sagte sie. »Aber warum ist sie hier?«

»Wer?«

»Na, die Schub...«

»Der«, unterbrach ich sie.

»Oder die. Das ist egal. Kannst du im *Duden* nachlesen.«

»Okay, die oder der ist da, weil die Flut sie oder ihn angespült hat.«

»Sie oder er war aber mal woanders.«

Ich stutzte. Woher wusste sie das?

Ich wollte fragen, doch Lisbeth redete schon weiter: »Ich hab sie nämlich erst gestern bei dem blauen Haus gesehen. Die Schubkarre stand am Gartenzaun.«

Ich schluckte meine Spucke herunter. Was? Der Schubkarren hatte am blauen Haus gestanden? Gehörte er der Joggerin? Oder dem alten Mann? Aber warum hatte er dann vorher bei dem Schuppen gestanden?

»Was machen wir jetzt damit?«, fragte ich, während Lisbeth wieder etwas in ihrem Notizbuch aufschrieb.

»Nichts. Wir lassen sie liegen«, sagte Lisbeth. Aber sie

wirkte zerstreut. Plötzlich fuhr sie hoch und zeigte Richtung Meer. »Schau mal, da drüben! Unsere Merde-Nachbarn!«

Das französische Nachbarehepaar hatte in der Nähe eine Decke ausgebreitet. Der Mann war damit beschäftigt, einen Sonnenschirm in den Sand zu rammen. Das Ehepaar hatte nur eine Badetasche dabei, keine Neoprenanzüge, keinen Metalldetektor, keine Bunkerkarte. Die Frau holte ein Buch aus der Tasche und legte sich auf den Rücken. Der Mann war mit dem Schirm fertig und tat dasselbe. Lisbeth starrte immer noch hin.

»Oh«, flüsterte sie.

»Was ist?«, fragte ich.

Lisbeth klang, als würde sie im nächsten Augenblick von einem Panzer überrollt. »Das ist kein französisches Buch, das sie da liest.«

Ich wusste nicht, was so schlimm an einem nichtfranzösischen Buch war.

»Wir müssen hier warten, bis sie im Wasser sind. Ich muss was nachschauen.«

»Was denn?«

Lisbeth legte ihren Finger auf die Lippen. Nun sagte die Frau etwas zu dem Mann, die beiden standen auf und gingen zum Meer.

»Jetzt können wir unauffällig vorbeigehen«, sagte Lisbeth.

»Warum baden die beiden hier, wo es verboten ist?«, fragte ich.

»Keine Ahnung. Ist mir auch egal«, antwortete sie. »Aber ich muss das jetzt wissen.« Zielstrebig ging sie auf die Decke des französischen Ehepaars zu, ich folgte ihr in einigem Abstand.

Als wir etwa zehn Meter von der Decke des Ehepaars weg waren, sagte Lisbeth leise: »Es ist so, wie ich dachte.« Dann ging sie eilig davon.

»Was hast du denn geguckt?«, fragte ich sie, als ich sie eingeholt hatte.

»Es war kein französisches Buch. Es war ein amerikanisches.«

»Ah. Und das hast du aus der Entfernung gesehen?«

»Ja. Weil ich es wiedererkannte. Es heißt *Blue Summer*. Meine Mutter hatte mir dasselbe gekauft. Es war ihr letztes Geburtstagsgeschenk.«

Ich senkte den Kopf. Toll. Jetzt konnte ich gar nicht mehr herumlästern. Nicht, dass sie eine blöde Angeberin war, die ein englisches Buch auf zehn Meter Entfernung erkannte, und nicht, dass sie so hyperbegabt war, dass sie ein englischsprachiges Buch zu ihrem 13. Geburtstag geschenkt bekam. Es war ein Geschenk ihrer toten Mutter.

»Hast du es gelesen?«, fragte ich daher so neutral wie möglich.

Lisbeth zögerte. »Nein ... Ich ... Das ging dann nicht mehr.«

Wir hatten unseren Badestrand fast erreicht. Ich sah meine Eltern in der Sonne sitzen und überlegte, wie es wäre, wenn meine Mutter an Krebs sterben würde. Ich dachte das sowieso öfter, vor allem, seit ich gehört hatte, dass Krebs auch vererbbar war. Meine Mutter war sechs Jahre jünger als ihre Schwester Simone. Vielleicht hatte sie nur noch sechs Jahre. Dann war ich 19. Mit 19, dachte ich dann meistens, ist es vielleicht nicht mehr so schlimm, wenn die Mutter stirbt.

»Außerdem«, sagte Lisbeth, und das klang trotzig, »wäre es mir eh zu schwierig.«

»Ach!«, entfuhr es mir.

»Ja! Ach!«, rief sie. »Du wirst es nicht glauben, aber ich hasse Englisch ... denn ... sie ... also meine Mama, hatte da so einen Tick. Ich musste schon mit vier Jahren ins Kindergarten-Englisch. Ich bin traumatisiert.« Lisbeth atmete aus, so ähnlich, wie sie ausatmete, wenn sie las. Es war eher so eine Art Stöhnen.

Eine ganze Weile sagte sie nichts. Ich sah vorsichtig zu ihr rüber. Da sah ich, dass sie weinte.

»Sie hat mir dieses blöde Buch geschenkt und ich hab mich nicht gefreut. Ich hab mich bloß geärgert und das Buch auf einem Schulflohmarkt verkauft.« Lisbeth haute sich mit der Faust an die Stirn. »Ich Idiot! Wenn ich gewusst hätte, dass ...«

Ich hielt es für das Beste, wieder über unsere Beobachtungen zu sprechen, und sagte: »Und ... äh ... dieses Buch liest jetzt die Französin? ... Aber das könnte bedeuten, dass die Französin ... vielleicht ... gar keine Französin ist.«

Lisbeth schlug mir auf die Schulter. »Endlich hat's bei dir geklingelt.«

Diesmal grub ich kein Loch, sondern ich schuf einen Berg. Der Berg sollte so groß wie möglich werden und er sollte die nächste Flut überstehen. Ich positionierte sein Fundament genau auf der Linie, die die letzte Flut hinterlassen hatte.

Je höher ein Sandberg wird, desto mehr Arbeit macht er. Das klingt wie eine Binsenweisheit. Aber der Berg wächst tatsächlich immer langsamer in die Höhe, je höher er ist, was daran liegt, dass man, um oben noch Sand hinzufügen zu können, erst unten eine Basis dafür schaffen muss. Diese Basis wird aber immer breiter. Man ist also irgendwann eine halbe Stunde damit beschäftigt, am Sockel Sand anzuhäufen, bis man dann endlich oben, auf der Spitze, eine Handvoll Sand platzieren kann.

Während ich grub, dachte ich über den Bunker nach, über das Gold und über die tote Frau. Für mich hing das alles zusammen, das war so klar wie Krabbenkacke, Seesternsud und Braunalgenbier. Ich fand es unglaublich, dass die Nazis allein für die Festung *Gironde-Süd* 172 Bunker bauen ließen und dass diese Bunker auch heute noch standen; nicht mal das Meer bekam die Dinger kaputt – jedenfalls nicht innerhalb eines Menschenlebens. Insofern war es kein Wunder, dass man das Gold nicht fand. Der Bunker war einfach stärker als der Mensch. Er gab es nicht her, und wer es versuchte, fand den Tod.

Derweil hob ich feuchten Sand aus, um die Seiten meines Berges zu befestigen. Ich stabilisierte den Sockel, ich kleisterte den Sand fest. So arbeitete ich mich nach oben, während die Flut näher kam.

Die Sonne stand schon tief, die Bademeister packten ihre Siebensachen.

»Wir gehen!«, rief meine Mutter.

Ich wollte noch nicht gehen. Mein Werk war noch nicht

vollendet; eine erste Welle schwappte bis einen Meter vor mein Bauwerk.

»Jetzt noch nicht!«, rief ich zurück.

Meine Eltern packten trotzdem ein.

Sollten sie ruhig. Ich würde bleiben und sehen, was mit meinem Berg geschah.

»Ganz schön hoch«, sagte Lisbeth und blinzelte in die Sonne. »Aber er wird nicht standhalten.«

»Unke!«

Lisbeth umrundete den Berg und betrachtete dann das Meer. »Wetten?«

»Okay, wir wetten. Um was?«

»Wer verliert, muss in den Bunker«, schlug Lisbeth vor.

»Wir sollen da doch nicht rein.«

»Na und?« Lisbeth sah zu meinen Eltern hinüber, die zu zweit die sandige Strandmatte ausschüttelten. »Wir machen das bei Ebbe. Da kann gar nichts passieren.«

Ich zuckte mit den Schultern. »Von mir aus«, sagte ich so gleichgültig wie möglich. »Ich gewinne ja eh.«

»Werden wir ja sehen. Knut der Große hat übrigens auch mal so etwas Ähnliches gemacht.«

»Knut? Meinst du den Eisbären?«

»Nee, König Knut von Dänemark, England und Norwegen. Er lebte im 11. Jahrhundert. Er war sehr mächtig und ließ eines Tages seinen Thron bei Ebbe ans Meer stellen. Als die Flut kam, befahl er dem Meer zurückzuweichen. Das Meer gehorchte nicht, und er sagte zu seinen Höflingen: ›Seht ihr, das sind die Grenzen meiner Macht.‹«

»Wir werden ja sehen«, sagte ich. Lisbeth sollte nur reden. Der Berg würde stehen bleiben, König Knut hin oder her.

Es gab Austern. Lisbeth schlug sich den Wanst voll damit; aber ich glaube, sie fand das Spannendste daran das Öffnen.

Ich selber aß lieber Baguette mit Mayonnaise, auch wenn mein Vater immer wieder betonte, ein echter Franzose würde niemals so altes Baguette essen: Es war vom Morgen übrig geblieben.

Meine Mutter philosophierte über den Knotentang, den sie vom Strand mitgebracht hatte, um ihn später abzuzeichnen. Er werde zur Herstellung von Kosmetikmitteln verwendet. »Das hilft prima gegen Falten!«, erklärte sie.

»Kaum zu glauben«, sagte mein Vater und schlürfte eine Auster. Mir hingegen war es ein Rätsel, wie man lebendige Tiere essen konnte. Aber Menschen waren eben verschieden. Ich zum Beispiel hatte mich den halben Nachmittag damit beschäftigt, ohne Sinn und Verstand Sand anzuhäufen.

Die Sache mit dem Gold im Bunker ließ mich nicht los. Weil ich mehr darüber wissen wollte, tippte ich bei der Suchmaschine meines Smartphones das Wort *Gold* ein. Ich fand einen *Wikipedia*-Artikel und erhielt Auskunft über den aktuellen Goldpreis. Wenn ich *Gold* und *Schatz* eingab, erfuhr ich etwas über den Eberswalder Goldschatz, einen kürzlich entdeckten Goldschatz bei Aachen aus dem 5. Jahrhundert und über einen amerikanischen, krebskranken Millionär, der Gold versteckt hatte und mithilfe eines Gedichts das Versteck verschlüsselt hatte. Aber von Gold in einem französischen Bunker war nirgends die Rede.

Schließlich gab ich die Wörter *Gold*, *Schatz* und *Bunker* ein. Ich landete bei einem Artikel über einen verborgenen Bunker im Leinawald bei Leipzig, wo angeblich Zwangsarbeiter und Angehörige der *Organisation Todt* über Jahre hinweg das Gelände unterhöhlt hätten. Man hatte Knochen von ehemaligen Zwangsarbeitern gefunden. Wahrscheinlich seien diese getötet worden, um Mitwisser zu beseitigen. Immer wieder tauchten Gerüchte auf, es könnte dort Nazigold versteckt sein.

Natürlich wusste ich nicht so richtig, was das sein sollte: *Nazigold*. Aber ich fand es schnell heraus: Es handelt sich dabei um Schätze – also nicht unbedingt nur Gold –, das die Nazis den Leuten wegnahmen, die sie in KZs einsperrten und ermordeten. Ein Teil dieser Schätze wurde inzwischen an Überlebende oder deren Nachfahren zurückgegeben, ein viel größerer Teil allerdings ist nach wie vor verschwunden. Immer wieder werden irgendwo solche Schätze vermutet: im Tauerntunnel in Österreich, im Stolpsee bei Berlin. Und immer wieder suchen Leute danach. Warum sollte nicht auch Gold in einem dieser Bunker versteckt sein?

Grübelnd ging ich zu Bett.

Die leere Wohnung

Gegen zehn erschien Nick auf unserer Terrasse. Die Sonne schien, es versprach ein schöner Tag zu werden.

»Heute ift ein doofer Tag«, erklärte Nick. »Niemand macht was mit mir. Mama will zu einer Weinprobe und Papa will rumfahren. Dabei fährt er doch schon jahrelang hier herum.«

»Jahrelang?« Ich horchte auf.

»Ja, er ift schon ewig hier.«

»Aber wo hat er denn da gewohnt? Hier in der Ferienanlage?«

»Nö. In einem Hauf.«

»Ah. Und in welchem?«

»Keine Ahnung. In einem schönen … Wartet. Ich zeig'f euch.« Damit rannte er davon.

Kurz darauf kam er mit einem Handy wieder. »Hier!« Er hielt uns das Handy hin. Ein Foto war zu sehen. Es war das blaue Haus, das nicht blau war. Die dazugehörige SMS lautete:

Lieber Nicki, viele Grüße vom Atlantik. Ich wohne in einem schönen Haus und mir geht es gut. Den Bunkern auch. Ich komme gut vorwärts. Bis bald, Dein Papa.

»Da hat er gewohnt«, erklärte Nick. »Fechf Jahre.«

»Sechs Jahre?«

»Nee, fechf Monate. Oder fechf Wochen. Auf jeden Fall ewig.«

»Und mit was … kommt er gut vorwärts?«

»Keine Ahnung.«

Ich schüttelte den Kopf. Ein hoffnungsloser Fall. Ob ich mit sechs auch so unglaublich dumm war?

»Was ist denn dein Papa von Beruf?«, kam mir Lisbeth zu Hilfe.

»Rauffinder.«

»Hä? Rausfinder?«, rätselte Lisbeth. »Das ist doch kein Beruf.«

»Er meint, dafür gibt'f kein richtiges Wort. Er findet eben Fachen rauf.«

»Und was ist deine Mama?«

»Keine Ahnung. Aufräumerin?«

Auch wenn das Gespräch nicht besonders ergiebig gewesen war, etwas hatten wir doch herausgefunden: Nicks Vater hatte ein bis sechs Monate im blauen Haus gewohnt und war gut vorwärtsgekommen mit seiner Arbeit, die damit zu tun hatte, etwas herauszufinden.

Nicks Mutter war inzwischen auch am Pool erschienen, cremte sich mit dreierlei Lotionen ein und ging dann ihrem Beruf nach: Sie räumte auf. Erst hängte sie Nicks Handtuch über den Liegestuhl, dann wrang sie die nasse Badehose aus. Seufzend setzte sie sich in den Liegestuhl und fächerte sich Luft zu. »Lisbeth! Möchtest du nicht noch ein bisschen mit meinem Nicki Handstand üben?«

»Ich wollte gerade ...« Lisbeth gähnte.

»Mach ihn noch mal vor! Nick! Schau hin! Da kannst du was lernen.«

»Ich wollte eig...«

»Los, Lisbeth! Keine falsche Bescheidenheit! Soll ich dich fotografieren? Dann simse ich deiner Mutter das Foto. Wie war noch mal Anjas Handynummer?«

»Sie ist nicht meine Mutter!«, sagte Lisbeth.

Elke ging nicht darauf ein. »Also, ich geb dir ein Zeichen!«

Lisbeth machte mit finsterem Gesicht einen Handstand an der Poolkante und ließ sich ins Wasser fallen.

Als sie auftauchte, rief Elke: »Und jetzt mit Nicki!« Sie tippte auf ihrem Handy herum. »Ach schade, das erste Bild von dir ist unscharf. Mach das doch bitte noch mal!«

Lisbeth atmete tief ein. Sie holte Schwung, machte Handstand und ließ sich so fallen, dass es spritzte. Die Tropfen trafen Elke und ihr Handy genau.

»'tschuldigung«, sagte Lisbeth, als sie auftauchte. »Ist ein bisschen schiefgegangen.«

Elke nestelte an ihrem Handtuch, dann an ihrem Bikini, dann strich sie über ihre Speckfalten am Bauch. Sie seufzte, als sie sich im Liegestuhl zurücklehnte, und sagte: »Ach, eure Mutter hat's gut.«

»Sie ist nicht ...«, begann Lisbeth. Ihre Stimme klang gefährlich. Ich an Elkes Stelle hätte längst die Klappe gehalten. Aber sie schien das gar nicht zu bemerken und fuhr fort: »Eure Mutter muss sich keine Gedanken um ihre Figur machen.«

Lisbeth holte Luft. »Schlank zu sein ist unwichtig. Es

bringt auch nichts.« Ihre Stimme war voller Verachtung. »Meine Mutter war zum Beispiel total schlank und trotzdem hat sie Krebs bekommen. Jetzt ist sie tot.«

Einen Augenblick lang war es am Pool ganz still. Dann schob Elke ihre Brille ins Haar und sagte verwirrt: »Was? Anja ist … Aber …«

»Anja ist nicht meine Mutter. Haben Sie das jetzt endlich kapiert?«

Elke stand auf. »Komm, Nick. Das brauchen wir uns wirklich nicht bieten zu lassen. So eine Frechheit!« Sie raffte ihre Sachen zusammen, packte Nick an der Hand und schleifte ihn davon.

»Gab's Ärger?«, fragte mich mein Vater.

»Elke ist doof«, sagte ich nur.

»Hab's schon mitbekommen«, sagte er.

»Diesmal können wir nichts dafür.«

»Kein Problem. Ich meine … mir soll's recht sein. Müssen wir uns am Strand wenigstens nicht mehr neben sie legen.«

»Was hör ich da?«, mischte sich meine Mutter ein. Sie trug einen neuen Bikini. Er war knallblau mit Silberapplikationen. »Ihr hattet Streit mit Elke?«

»Nicht wirklich«, sagte ich.

»Sie ist doch gar nicht so schlimm«, sagte meine Mutter. »Außerdem muss man seine potenziellen Kunden ernst nehmen.«

»Aber sie kauft doch nicht bei dir.«

»Indirekt schon. Wenn ich mich ihr gegenüber arrogant

verhalte, wird sie die Marke, für die ich arbeite, nicht mehr kaufen. Im Übrigen muss man alle Menschen ernst nehmen.«

»Aber nicht die«, brummelte mein Vater. »Und nicht im Urlaub. Ja! Du hast Urlaub! Du musst niemanden ernst nehmen.«

»Und wenn ich aber will? Ich bin eben nicht wie du und mach mich über alles lustig. Du machst dich doch auch über alles lustig. Elke ist unser *Standard-Kundinnen-Typ*. Hast du selbst gesagt!«

»Muss man sich deswegen bei solchen Leuten einschleimen?«, fragte mein Vater eine Spur zu gehässig.

»Ich schleime mich nicht ein! Ich will nur keinen Streit. Konrad muss sich bei ihr entschuldigen!«

»Ich? Wieso ich? Ich hab gar nichts gesagt. Das war Lisbeth.«

»Konrad!«, blaffte mich meine Mutter an. »Jetzt schieb nicht wieder alles auf Lisbeth.«

»Er schiebt nichts auf mich«, sagte Lisbeth.

»Doch, ich weiß ganz genau, dass er das tut. Den ganzen Urlaub tut er das schon, bloß weil er schlechte Laune hat.«

»Ich hab keine schlechte Laune!«, schrie ich meine Mutter an.

»Konrad!«, rief mein Vater. Aber ich war schon auf und davon.

Bauchige Wolken hingen am Himmel. Es war längst nicht mehr so sonnig wie am Vormittag.

Ich stapfte durch den Sand und erreichte die Reste meines

Berges. Er sah mitgenommen aus, aber er war noch da. Wer hatte nun die Wette gewonnen? Weil ich nicht recht wusste, machte ich ein Foto und stapfte weiter. Ich war wirklich sauer. An allem war ich schuld, wahrscheinlich sogar am Salz im Meer.

Nachdem ich eine Weile gestapft war, legte ich mich knapp vor der Düne in den Sand. Plötzlich fiel mir eine zusammengerollte Zeitung auf, die halb im Sand steckte. Ich griff danach. Die Zeitung war ein lokales Blatt, das sich mit dem Leben an der Atlantikküste beschäftigte. Ich schlug es auf. Innen war ein Foto abgebildet, das das leer stehende Haus zeigte. Man sah, wie der Atlantik große Teile der Düne mit sich gerissen hatte. Ich las die Bildunterschrift. *Erosion*, stand da, *les Sables* und *coéfficient 113*. So ungefähr konnte ich mir zusammenreimen, worum es ging.

Auf einem anderen Foto waren wütende Menschen zu sehen, die aus dem Haus ausziehen mussten. Die meisten waren älter, manche rangen mit den Händen. Im Artikel ging es um Geld und um Versicherungen, so viel verstand ich. Ich wollte schon weiterblättern, da fiel mir ein Mann auf dem Foto auf. Er hatte eine Glatze, trug einen dunklen Mantel und eine dunkle Sonnenbrille und ging an Krücken. Ich schaute genauer hin. Tatsächlich! Man konnte es nicht auf Anhieb erkennen, denn es waren sehr viele Beine auf dem Bild. Doch als ich nachzählte, war es eindeutig. Es standen sechs Menschen in der ersten Reihe. Diese sechs Menschen hatten aber nur elf Beine. War das der Mann aus dem blauen Haus?

Ich starrte noch eine ganze Weile auf das Bild, weil ich mir nicht sicher war. Doch es half nichts. Weder nahm der Mann auf dem Foto die Sonnenbrille ab, noch sagte er mir, wie er hieß. Womöglich Didier? Vermietete er das blaue Haus oder wohnte er dort selber zur Miete? Warum hatte dort Marc gewohnt? Was tat die Joggerin da? Meine Lider wurden immer schwerer. Schließlich schlief ich ein.

»Ach, hier steckst du!«, weckte mich Lisbeths Stimme.

Ich sah auf. An meiner Wange klebte Sand. Der Himmel war bleigrau.

»Schönen Gruß von deiner Mutter. Sie bittet um Entschuldigung.«

»Ach!« Ich wischte den Sand ab und spuckte aus. Er war in meinen Mund geraten.

Lisbeth betrachtete die Bilder in der Zeitung, die neben mir lag.

»Was steht da eigentlich genau?«, fragte ich.

»Anfang Februar gab es eine Sturmflut. Die Leute aus dem Haus *Les Sables* mussten evakuiert werden. Sie können auch nicht zurück, denn das Gebäude droht einzustürzen. Jetzt sind sie sauer, weil sie ihr Eigentum verloren haben – und damit Geld.« Lisbeth sah mich an. »Nimmst du die Entschuldigung eigentlich an?«

»Ja … klar.«

»Guck mal, das hat er mir übrigens geschenkt.« Lisbeth hielt mir einen Schlüsselanhänger in Form eines Seesterns hin.

»Wer?«

»Jean-Luc!«

»Ah, Jean-Luc.«

»Wieso ah?«

»Nur so. Die Wette hab übrigens ich gewonnen.«

»Nein, ich. Er wurde zerstört.«

»Aber nicht ganz.«

»Aber halb.«

»Und somit steht er auch noch halb. Niemand hat gewonnen«, erklärte ich. Wenn niemand gewonnen hatte, musste niemand in den Bunker. Ich wollte da wirklich nicht rein.

»Wir können ja beide rein«, schlug Lisbeth vor.

»Niemals. Außerdem steigt das Wasser schon wieder.«

Lisbeth sah auf die Uhr. »Aber nur ein bisschen. Komm mit.«

Widerstrebend ging ich mit. Tatsächlich war der Bunkergraben schon wieder voller Wasser.

»Es geht noch«, verkündete Lisbeth und bückte sich.

»Für dich vielleicht«, sagte ich.

Lisbeth stand bis zu den Knien im Wasser und watete gebückt in den Hohlraum unter dem Bunker.

»Ich geh da nicht rein.«

»Man muss sich doch bloß ein bisschen bücken«, rief Lisbeth. Ihre Stimme hallte ein wenig. »Iiih!«

Sicher Krabben. Die gab es da in rauen Mengen. Geschieht ihr recht, dachte ich.

»Seesterne!«, rief Lisbeth.

Super.

»Wo bleibst du denn?«

»Ich geh da nicht rein.« Ich stand etwa einen Meter vor dem Bunker und spähte gebückt hinein. Eigentlich konnte nichts passieren. Der Hohlraum war groß. Man konnte sich nicht einklemmen, es sei denn… Plötzlich schwappte eine Welle heran und auf einmal stand ich bis über die Knie im Wasser.

»Aaaah!«

»Lisbeth!«

Das Wasser lief wieder ab, ich hörte es gluckern, dann hechtete Lisbeth aus dem Bunker.

»Puuuh! Da war auf einmal so eine Welle.«

»Sag ich ja«, antwortete ich. Lisbeth sagte nichts mehr. Sie war patschnass und hatte es plötzlich ziemlich eilig, zurück zum Bungalow zu gehen.

»Oui?« Eine Frau war am Apparat. Ich saß allein auf dem höchsten Punkt der Halfpipe und hatte die Nummer angerufen, die am blauen Haus auf dem Schild *Zimmer zu vermieten* stand, weil ich wissen wollte, ob Didier der Name des Besitzers war. Lisbeth hatte sich nach ihrem Bunkerexperiment heiß geduscht und ins Bett gelegt, um zu lesen.

»Hello, Madame Didier, my name ist… äh… Connor and I want to rent a room in your house.«

»Sorry…« Was die Frau sonst noch sagte, verstand ich nicht. Es ging zu schnell. Ich wiederholte mein Anliegen.

»We are full. Sorry!«, kam es ungeduldig aus dem Telefon.

»Oh, that's… schade«, stotterte ich. »It's a nice house! Are you the… Dings… äh… owner?«

»Yes, but we are full!«

»How many people can live there? I ask for the next year, because I want to make holiday in your nice house with my family.«

»We are full!«

»Yes, Madame Didier, I understand, but …«

»We don't let our house to families with children. Sorry.« Damit legte sie auf.

Viel hatte ich nicht herausgefunden. Außer, dass diese Frau Didier anscheinend tatsächlich ihr Haus vermietete. Das aber würde bedeuten, dass der alte Mann nicht Monsieur Didier war, außer, er wäre mit ihr verwandt oder hieße zufällig auch Didier. Aber wie hieß er dann? Da fiel mir der große, leer stehende Betonwohnblock ein. *Les Sables!* Da hatte er doch mal gewohnt. Vielleicht gab es da ja noch die Klingelschilder! Ich machte mich also auf den Weg.

Tatsächlich stand fast noch an jeder Klingel ein Name. Ach je! De Bougy, Forneret, Delplanque. Was sollte ich mit diesen unzähligen, unaussprechbaren französischen Nachnamen anfangen?

»Ich glaube, er heißt Vitrac.«

Ich fuhr herum. Lisbeth stand hinter mir.

»Wer?« Woher wusste sie, wen ich suchte? War sie mir nachgelaufen? »Ich dachte, du spielst Tischtennis.«

Lisbeth winkte ab. »Marc nannte ihn Vitrac.«

»Hä?«

»Marc hat doch gesagt, dass die Leute hier ausziehen mussten. Und er hat erwähnt, dass ihm das ein alter Mann erzählt hätte. Gérard Vitrac. Hier.« Lisbeth zeigte auf ein Klingelschild in der obersten Reihe.

»Aber woher weißt du das?«

»Ich bin ihm begegnet. Marc und ich standen an der Ausfahrt unserer Ferienanlage bei den Mülltonnen. Da kam Monsieur Vitrac vorbei. Marc hat sich kurz mit ihm unterhalten, wie es ihm gehe, seit er aus *Les Sables* ausgezogen sei. Ich hab nicht alles verstanden, was er geantwortet hat, aber zum Schluss, und das war komisch, sagte er noch was vom Bunker. Dass er alles mit sich nimmt, wenn nicht …«

»Wenn was?«

»Hab ich ja nicht verstanden. Marc hat es auch nicht übersetzt.«

»Hm. Und wie sah dieser Monsieur Vitrac aus?«

»Alt.«

»Und sonst?«

»Normal. Normal alt.«

»War er … irgendwie behindert? Ich meine, alte Leute sind doch oft behindert.«

»Nein, er kam mir nicht besonders behindert vor. Aber interessant finde ich, dass der alte Mann vom Bunker sprach. Und dass der Bunker was mit ins Meer nehmen würde. Aber vielleicht weiß er ja was aus der Zeit, als der Bunker sozusagen in Betrieb war. Alt genug wäre er ja, also, der Mann, meine ich.« Während Lisbeth das sagte, rüttelte sie an der verschlossenen Glastür. Dann sah sie an der Fassade hoch. Schließlich fiel ihr Blick auf den alten Wohnwagen. Sie ging hin und ich folgte ihr.

Sie kletterte auf den Wohnwagen. Von dort aus erreichte man das eingeschlagene Fenster im ersten Stock. Im Nu war sie durch die zerbrochene Scheibe geschlüpft.

»Komm!«, rief sie, und ich kletterte ihr nach. Mit meinen langen Gliedern war es nicht so leicht, durch das Fenster zu steigen, doch ich schaffte es. Wir standen in einem Raum, der früher wohl mal ein Wohnzimmer war.

»Er hat oben gewohnt«, sagte Lisbeth. »Wir müssen ins Treppenhaus.«

Das Treppenhaus war staubig und ziemlich heruntergekommen. Unsere Schritte hallten. Wir waren anscheinend nach dem Auszug der Bewohner nicht die Ersten, die sich in dem Haus aufgehalten hatten. Etliche Graffiti zierten die kahlen Wände. In jeder Etage las Lisbeth die Klingelschilder.

»Na, wer sagt's denn!«, flüsterte sie im vierten Stock. »Gérard Vitrac.«

»Warum flüsterst du?«, flüsterte ich zurück.

Lisbeth zuckte mit den Schultern und drehte am Türknauf. »Mist, zu.« Sie ging drei Schritte zurück, schaute sich um und nahm Anlauf. Mit aller Kraft sprang sie mit einer Art Karatesprung gegen die Tür. Sie flog auf.

»Oh«, sagte Lisbeth. »Ich dachte, das klappt nur im Film.«

»Pfff«, machte ich. Ich ärgerte mich, dass Lisbeth schon wieder alles konnte. Um wenigstens ein Mal der Erste zu sein, machte ich eilig einen Schritt in die Wohnung.

Der Flur war ähnlich klein und dunkel wie in der Wohnung unten. Es roch nach altem Fußbodenbelag. Drei Türen gingen ab, zwei zur Seite, die in der Mitte geradeaus. Ich wählte die mittlere Tür und öffnete sie. Wieder standen wir in einem Wohnzimmer. Es ging zum Balkon hinaus. Man konnte das Meer sehen. Das rötliche Licht der untergehenden Sonne erfüllte den Raum.

Ich ging zur Balkontür. Ich fuhr mit dem Finger über die staubige Scheibe und warf einen Blick durch das Glas. Draußen stand ein weißer Gartenstuhl aus geschwungenem Metall. Genau so einen hatte ich beim blauen Haus gesehen.

»Hier ist noch eine Tür«, sagte Lisbeth und zeigte auf die Querseite des Raumes.

Der anschließende Raum war klein und hatte ebenfalls ein Fenster zum Meer hinaus. Auch er war leer geräumt, aber am Boden lagen eine Isomatte und ein aufgerollter Schlafsack, daneben ein Waschtäschchen und ein Geldbeutel.

Lisbeth kniete sich hin und durchsuchte das Waschtäschchen. »Das sind deutsche Sachen. *Dentagard Original – Mit Naturkräuterextrakten* und ein Tampon. Eine Frau also.«

Ich nahm mir den Geldbeutel vor. Vorne waren ein paar Geldstücke drin, überwiegend deutsche Euro-Münzen, hinten zwei 20-Euro-Scheine. Ansonsten war er leer. Ich zeigte ihn Lisbeth.

»Eigenartig, oder?«, fragte ich. »Im Geldbeutel meiner Mutter ist viel mehr. Visitenkarten, EC-Karten, Ausweis. Bei deiner doch bestimmt au…« Ich brach ab.

Lisbeth antwortete nicht.

»Ich meine«, sagte ich schnell, »bei den meisten Leuten ist doch mehr als Geld im Geldbeutel.«

Lisbeth sah mich kurz an. Dann nahm sie mir die Geldbörse aus der Hand und durchsuchte sie selber. »Natürlich«, sagte sie. »Die Sachen wurden rausgenommen.«

»Gestohlen?«, fragte ich. »Aber wieso hat derjenige das Geld dringelassen?«

»Es hat denjenigen – oder diejenige – eben nicht interessiert. Jedenfalls war die Besitzerin des Schlafsacks schon länger nicht mehr da.« Lisbeth fuhr durch die Spinnwebe, die an der Waschtasche hing. Dann griff sie nach einem Fruchtjoghurt und zog den Deckel auf. »Und hier ... Anhand der Größe der Schimmelkultur könnte man Rückschlüsse auf das Kaufdatum ziehen. Ich würde mal sagen: Mitte Juni, Anfang Juli.«

»Aber warum hat sie alles hiergelassen? Sogar den Geldbeutel? Und wo ist sie jetzt?«

Lisbeth antwortete nicht und eine Weile saßen wir schweigend vor den Sachen. Natürlich war mir der Gedanke gekommen, dass der Schlafsack, die Isomatte, die Waschtasche, der Geldbeutel und der Fruchtjoghurt der toten Frau gehört haben könnten. Dass sie hier übernachtet hatte, würde zumindest erklären, warum man nicht wusste, wer sie war und woher sie kam: Sie war heimlich hier gewesen. Aber warum? Und auch dazu fiel mir nur eine Antwort ein: wegen des Goldes im Bunker.

Mann, das war ja mal wirklich ein echtes Geheimnis! Nicht bloß so ein Pseudoabenteuer wie bei meinen Pseudoverfolgungen sonst. Die Sonne versank jetzt knapp über dem Meer in einer dunkelvioletten Wolke.

Geld oder Liebe

»Wo ist Mama?«, fragte ich, als wir in unsere Ferienanlage zurückgekehrt waren. Mein Vater saß allein auf der inzwischen dämmrigen Terrasse, trank Rotwein und las.

Normalerweise saß meine Mutter auch da und zeichnete, um sich am jeweiligen Urlaubsort für die nächste Unterwäsche-Kollektion zu inspirieren. Diesmal waren das gammelige Braunalgen, Seesterne mit abgerissenen Armen, zerrupfte Pinienzapfen oder tote Krabben. Das Zeug lag tagelang auf unserem Terrassentisch und müffelte vor sich hin. Ich verstand nicht, wie aus so ekligem Zeug ein schickes Design für Unterwäsche werden konnte, aber bei meiner Mutter funktionierte das.

»Sie ist noch mal los. Zu irgendeiner Eröffnung von einem Kleiderladen hier am Ort.« Mein Vater hielt mir den Flyer hin.

»Surfmode«, sagte ich und betrachtete den Flyer genauer. Ganz unten auf dem Zettel stand der Name der Designerin, Valérie Didier. Didier! So hieß doch auch die Vermieterin des blauen Hauses!

Lisbeth gähnte laut. »Ich glaub, ich geh ins Bett.« Damit verschwand sie im Haus.

Ich hörte sie Zähne putzen, während ich den Flyer weiter studierte. Diese Valérie Didier war auf einem kleinen Foto abgebildet. Sie war braun gebrannt, hatte ein Nasenpiercing und lange blonde, von der Sonne ausgebleichte Haare. Am Hals sah man ein Tattoo. Sie war eindeutig jünger als diese Madame Didier am Telefon.

»Ist der Name Didier eigentlich häufig?«, fragte ich meinen Vater. Er ist Übersetzer und weiß solche Sachen.

»Didier? Ja, schon.« Mein Vater nahm einen Schluck Rotwein und versenkte sich wieder in sein Buch.

Ich holte mein Smartphone, gab den Namen *Didier* ein und fand heraus, dass Didier in erster Linie ein Vorname war – wie Didier Drogba, der Fußballspieler von der Elfenbeinküste. Dann fand ich heraus, dass es im Departement Gironde den Nachnamen Didier 61-mal gab, etwa 10-mal weniger häufig als in den Vogesen, aber immer noch 20-mal häufiger als auf Martinique, eines der fünf überseeischen Departements.

Schließlich probierte ich dasselbe für den Namen *Vitrac* aus. In der Gironde war er sehr häufig, in vielen Departements tauchte er fast gar nicht auf. Weil ich nicht wusste, was ich mit diesen Informationen anfangen sollte, ging auch ich zu Bett.

Lisbeth schien schon zu schlafen. Ich entwirrte mein Laken und deckte mich zu. Gerade war ich am Eindösen, als sie plötzlich sagte: »Ist das eigentlich alles Rost?«

Ich fuhr auf. »Was?«

»Oder sind das Algen?«, fragte Lisbeth weiter.

»Was denn eigentlich?«

»Am Boden und an den Wänden hier überall.«

»Rost«, sagte ich. »Algen sind doch im Wasser.«

»Hm. Jedenfalls wird alles davon überwuchert.«

Ich schwieg. Meinte sie die Terrassenwände? Oder den Fleck im Garten des blauen Hauses? Oder den drüben beim Schuppen, wo der Schubkarren gestanden hatte?

»Aber es ist eigentlich egal«, fuhr sie fort. »Es ist egal, ob es Rost ist oder ob es an den Algen liegt. Das Meer ist ohnehin schneller. Und noch schneller ist der Tod. Man sollte sich beeilen.«

Ich erschrak. Über den Tod wollte ich keinesfalls reden. Und überhaupt! Wie sie auf diese Zusammenhänge kam! Rost, Überwucherung, Überflutung, Tod! Das war schon irgendwie bewundernswert. Trotzdem schwieg ich lieber, um sie nicht auf neue, noch krassere Gedanken zu bringen. Aber Lisbeth brauchte mich dazu gar nicht.

»Meine Mama und deine Mama waren zerstritten, wusstest du das?«, fragte sie.

Mir wurde bei Lisbeths Worten heiß und kalt gleichzeitig. Dazu kam ein unangenehmes Flattern in meiner Brust. »N… nein.«

»Deswegen sind wir damals auch weggezogen.«

Ich dachte nach. Was Lisbeth da erzählte, ängstigte mich. Doch seltsamerweise verwunderte es mich nicht. Es kam mir sogar bekannt vor. So als hätte ich es gewusst oder zumindest geahnt. Jedenfalls würde es vieles erklären. Zum Beispiel, dass meine Mutter nie mit Simone telefoniert hatte. Ich hatte nie Geschenke von Simone bekommen, nicht zum Geburtstag und auch nicht zu Weihnachten. Und ich erinnerte mich noch genau an das Ende meines Besuchs bei Lisbeth vor sechs Jahren. Meine Mutter hatte mich dort abgeholt, nachdem mich meine Oma hingebracht hatte. Meine Mutter war ziemlich wütend auf Oma gewesen. Sie hatte Oma, die auch mit bei Simone war, angeschrien: »Musste das sein?« – »Ja, das musste sein. Der Krieg darf in euch nicht weitergehen«, hatte meine Oma gesagt. Ich hatte das alles nicht verstanden. Meine Oma war bald darauf gestorben. Eigentlich kann ich mich kaum an sie erinnern. Sie war Simone äußerlich sehr ähnlich gewesen, jedenfalls hatten beide diese Kartoffelnasen und krauses, widerspenstiges Haar – wie Lisbeth. Aber sie war keine gemütliche Oma gewesen; ich hatte sie selten gesehen. Vielleicht hatte das ja an dem Streit gelegen.

»Sie haben sich aber wieder versöhnt«, riss mich Lisbeth aus meinen Überlegungen. »Ganz zum Schluss.«

Im Zimmer war es still. Ich sagte nichts. Ich wollte das alles nicht wissen.

Aber Lisbeth gab keine Ruhe. »Würde dich nicht interessieren, warum sie zerstritten waren?«

»Doch … doch«, sagte ich so interessiert wie möglich. »Vielleicht. Aber …«

»Dann weißt du also nichts?«, unterbrach sie mich.

Ich setzte mich im Bett auf. Konnte sie mich nicht endlich in Ruhe lassen? War ja kein Wunder, wenn meine Mutter und ihre Mutter zerstritten waren, wenn ihre Mutter ihr auch nur eine Spur ähnlich war! Immer fragen, immer bohren!

»Was soll ich denn wissen? Du hast mir doch gerade eben erst davon erzählt.«

»Ich frag ja nur. Könnte ja sein. Ich verstehe das nämlich selber nicht und denke schon ein halbes Jahr darüber nach. Mama hat mir erzählt, sie hätten wegen ihrem Opa, also unserem Uropa, gestritten. Wegen dem Haus. Und wegen irgendwelcher Zettel.«

»Vielleicht ging es ums Erbe«, mutmaßte ich.

»Hm«, machte Lisbeth, nicht besonders überzeugt.

»Bei Streit geht es oft ums Erbe«, fuhr ich mit meiner Beweisführung fort. »Ich hab mal in einem Buch gelesen, dass ein Junge ein Gebiss geerbt hat und sich deswegen mit allen total zerstritten hat.«

»In Büchern steht viel. Aber überleg doch mal in Wirklichkeit! Würdest du mit deiner einzigen Schwester wegen ein paar alter Zettel so streiten, dass du 600 Kilometer weit wegziehst und die nächsten fünf Jahre nicht mit ihr sprichst?«

»Ich hab keine Schwester. Außerdem ging es ja auch um ein Haus. Um welches eigentlich?«

»Um eures, wahrscheinlich.«

Ich antwortete nicht. Was sollte mit unserem Haus sein? Es gehörte uns schon immer. Ich gähnte und schaute zum Fenster hinaus. Graugrüne Wolken zogen über dunklen Himmel. Es war windig. Die Pinie im Garten schwankte schwarz im Wind. Ich fragte mich, warum die Wolken mitten in der Nacht graugrün waren.

»Ich hab's befürchtet«, sagte Lisbeth schließlich.

»Was?«

»Dass du's nicht verstehst.«

»Doch, ich verstehe es. Unsere Mütter waren wegen dem

Haus und ein paar alter Zettel zerstritten. Auf den Zetteln muss also was Wichtiges draufstehen.«

»Du hast es ja tatsächlich verstanden.«

»Sag ich ja.«

»Aber was ist so wichtig?«, überlegte Lisbeth laut. »Geld? Liebe?«

»Mit Liebe können die Zettel nichts zu tun gehabt haben«, erklärte ich. »Die Zettel waren ja von Oma. Oder noch älter.«

»Wieso können Zettel, die alt und von Oma sind, nichts mit Liebe zu tun haben?«

»Weil Oma tot ist.«

»Aber Oma war doch auch mal verliebt.«

»Ja, und? Weswegen sollten sich zwei Schwestern darüber streiten? Nach 60 Jahren?«

»Hm«, machte Lisbeth. »Vielleicht hast du recht. Aber wenn Liebe ausscheidet, was kann so wichtig sein, dass zwei Schwestern jahrelang nicht miteinander reden?«

»Geld?«, fragte ich. »Oder Kränkung? Ich wäre zum Beispiel richtig beleidigt, wenn jemand zu mir sagen würde, ich wäre dumm. Ich wäre vielleicht sogar für immer beleidigt.«

»Hm …«, machte Lisbeth wieder. »Du vielleicht. Aber doch nicht deine Enkel nach 50 oder noch mehr Jahren.«

»Wer weiß?«

In dem Moment hörten wir den Schlüssel in der Bungalowtür. Ich warf einen Blick auf die Uhr. Halb zwei. Meine Mutter war lange ausgeblieben. Ohne Licht zu machen, ging sie leise durch den Wohnraum ins Schlafzimmer.

Es raschelte leise, dann knarrte das Bett.

»Schon zurück?«, hörte ich meinen Vater drüben sagen.

»Schon ist gut.«

»Wie war's?«

»Schön«, flüsterte meine Mutter. Ihr Flüstern klang aufgeregt. »Die Franzosen verstehen einfach was von Mode. Ich hab auch mit der Designerin gesprochen, dieser Valérie Didier. Sie ist praktisch mit dem Surfbrett an den Füßen auf die Welt gekommen. Ihre Familie lebt seit Urzeiten hier. Ich hab auch ihre Mutter kennengelernt. Der gehört übrigens das blaue Haus.«

»Welches blaue Haus?«

»Von dem wir neulich sprachen.«

»Ach, das.«

»Und sie arbeitet in einem Archiv über den Zweiten Weltkrieg, sehr interessant.«

»Ach ja? Das interessiert dich?«

Eine kurze Pause entstand. Dann antwortete meine Mutter ein wenig beleidigt: »Ja, manchmal interessieren mich auch Dinge jenseits der Mode.« Jetzt lachte sie. »Aber nicht oft.«

Ich verstand nicht, was daran witzig war.

Das Bett knarrte nun ein zweites Mal, ich hörte den Schmatz des Gutenachtkusses, das Bett knarrte wieder. Daraufhin war es drüben still.

»Vielleicht«, sagte Lisbeth nach einer Weile. Sie sprach jetzt leiser als vorhin, »vielleicht hat es ja mit der Familie zu tun.«

»Oho!«, machte ich. »Du denkst an ein finsteres Familiengeheimnis?«

»Mann, was weiß ich?«, flüsterte Lisbeth ein bisschen gereizt. »Ich überlege halt. Aber Familiengeheimnisse gibt's wahrscheinlich nur in Büchern.«

»Meine Mama findet euch jetzt doof.« Wir planschten mit Nick im Pool. Der Morgen war sonnig und einigermaßen warm.

»Wissen wir«, sagte ich.

»Aber ich find euch ganz nett.«

»Oh, fein.«

»Aber ef ift eh egal. Wir fliegen ja heute.«

»Nach Hause?«, mischte sich Lisbeth ein. »Wo wohnt ihr eigentlich?

»Ich wohn mit meiner Mama in Frankfurt, mein Papa in Hünfeld.«

»Hünfeld?«, fragte ich.

»Hünfeld ist in Hessen«, erklärte Lisbeth. »Wir fahren nämlich die A7 sehr oft, weil meine andere Oma in Würzburg wohnt. Ich kenne fast alle Autobahnausfahrten auf der Strecke.«

Ich winkte bloß ab und sprang auch in den Pool. »Aber Moment mal«, sagte ich, als ich auftauchte. »Ist Fulda nicht auch in Hessen?«

»Natürlich«, antwortete Lisbeth. »Hünfeld gehört sogar zum Landkreis Fulda.«

Auch wenn Lisbeth einem damit wirklich auf die Nerven gehen konnte, war ihr Wissen manchmal praktisch. Man brauchte gar kein Smartphone.

»Nick!«, rief Elke über die Hecke. »Komm jetzt bitte raus. Ich möchte packen und brauch die Handtücher!«

Meine Mutter rief: »Konrad? Kommst du bitte mal?«

Ich kletterte aus dem Pool, trocknete mich ab und schlurfte zu unserem Bungalow. »Was ist?«

Ich sollte später für sie Milch und Butter holen, in einem kleinen Laden ganz in der Nähe, bei *Les Sables*.

Mr Bricolage

»Es muss etwas mit der Familie zu tun haben.« Lisbeth griff das Gespräch von gestern Nacht wieder auf. Wir schlenderten die Küstenstraße Richtung *Les Sables* entlang, um einzukaufen, was uns meine Mutter aufgetragen hatte. »Das sind doch die wichtigsten Dinge auf der Welt: Geld, Liebe, Familie. Ich weiß nicht, ob die Reihenfolge so stimmt.«

Wir kauften ein, und als wir wieder hinaus auf die Straße traten, sahen wir Marcs Auto am Parkplatz von *Les Sables*. Die Joggerin stieg gerade aus. Marc stand vor dem verlassenen Gebäude und blickte nach oben. Abweisend ragte es in den hellblauen Himmel.

Marc und die Joggerin, die mal ausnahmsweise keine Sportsachen trug, standen vor dem Haus. Ihre Blicke wanderten zu den zerbrochenen Scheiben. Mit dem Finger deutete die Joggerin mal hierhin, mal dorthin. Marc sprach gestikulierend.

»Was tun die da?«, fragte Lisbeth.

Wir liefen zu dem Parkplatz, auf dem Marc seinen Wagen abgestellt hatte, und duckten uns hinter einer kleinen Mauer. Marc und die Joggerin waren inzwischen hinter dem Haus verschwunden.

»Ich möchte wissen, was die da wollen!«, murmelte Lisbeth. »Und überhaupt: Was haben die zwei eigentlich miteinander zu tun?« Sie schien mehr mit sich selbst zu sprechen. Dann sah sie sich kurz um, sprang auf und kletterte blitzschnell über die Mauer.

»Lisbeth, was ...?«, zischte ich, aber sie beachtete mich gar nicht. Sie schlich halb geduckt zu dem BMW, warf ein paar vorsichtige Blicke zum Haus und presste dann ihr Gesicht an die leicht getönten Scheiben.

Was, zum Teufel, tat sie da?

»Pass bloß auf!«, rief ich leise. »Sie können jederzeit zurückkommen!«

Lisbeth schien das nicht zu kümmern. Immer noch guckte sie in das Wageninnere. Es schien sie ungeheuer zu faszinieren. Lag da womöglich eine Waffe?

Jetzt wedelte sie aufgeregt mit ihren Fingern. »Da drin liegt eine Handtasche«

Ach, dachte ich. Das ist ja ein Ding. Ich wurde unruhig. Wenn Lisbeth da noch ewig stand und Handtaschen anglotzte, würden Marc und die Joggerin zuückkommen und sie sehen.

»Lisbeth!«, rief ich.

Doch Lisbeth hörte nicht. Im Gegenteil. Sie streckte jetzt die Hand nach dem Türgriff aus.

»Lisbeth, nicht!«, rief ich, denn was sie tat, erschien mir vollkommen wahnsinnig. Aber da hatte sie schon die Tür geöffnet und beugte sich über den Rücksitz des Autos. Verdammt, was tat sie da?

»Lisbeth!«

Aber sie kroch nun ganz in das Wageninnere.

In diesem Augenblick tauchte die Joggerin wieder auf; Marc folgte ihr.

»Achtung!«, versuchte ich es noch mal.

Zwei Kampfjets donnerten über unsere Köpfe hinweg. Lisbeth war immer noch im Wagen. Lisbeth musste mitbekommen haben, dass Gefahr drohte. Aber was tat sie da? Statt zu flüchten, zog sie die Wagentür hinter sich zu. Das Geräusch der zuschnappenden Tür wurde von den Kampfjets überdeckt.

Marc und die Joggerin, die beide den Fliegern nachgeblickt hatten, kamen immer näher und waren jetzt nur noch wenige Meter vom Wagen entfernt.

»Aber ich bin mir ganz sicher«, sagte die Joggerin zu Marc. »Sie war da einer Sache auf der Spur.«

Ich kapierte gar nichts mehr. Wieso sprach die Joggerin Deutsch? Sie war doch Französin!

Marc antwortete etwas, aber ich verstand nicht, was.

»Es muss so sein«, sagte die Joggerin. »Anders macht das doch alles keinen Sinn.« Ich wunderte mich immer mehr. Sie sprach sogar fast akzentfrei Deutsch. Schwungvoll öffnete sie die Tür und stieg auf der Beifahrerseite ein.

Ich raufte mir die Haare. Das war doch nicht zu fassen! Die beiden stiegen in das Auto und Lisbeth war mit drin! Eine Katastrophe!

»Marjorie«, fragte Marc, »fahren wir noch zu Mister …?«

Hä? Mister was? Und wieso eigentlich *Mister* und nicht *Monsieur*? Aber am interessantesten fand ich den Namen der Joggerin: Marjorie. Marjorie, Marjorie, Marjorie. Ja, genau!

Marjorie hatte doch der Alte im blauen Haus gerufen! Aber wieso …?

Ich konnte nicht mehr fertig denken, denn Marc schlug seine Tür zu. Ich lugte über die Mauer. Merkten die beiden denn nicht, dass da wer im Wagen war? Schöne Agenten! Und Lisbeth war verrückt. Warum blieb sie drin? Sie hätte die ganze Zeit über prima abhauen können. So schnell, wie sie rennen konnte, wäre ihr nicht mal die Joggerin hinterhergekommen und Marc mit seinen schlabbrigen Slippern schon gar nicht!

Dann ging der Motor an, Marc parkte rückwärts aus und fuhr langsam über den Parkplatz.

Ich schwitzte. Wo fuhren die hin? Was taten Agenten mit miesen Schnüfflern? Ich musste etwas tun, ganz klar. Aber was?

Da sah ich das Fahrrad. Es lehnte an dem morschen Zaun des Geländes und war nicht abgesperrt. Ein Besitzer war nirgends zu sehen. Marc war inzwischen auf die Küstenstraße abgebogen. Ich schnappte mir das Fahrrad und versuchte, Marc zu folgen.

Ich radelte so schnell ich konnte. Die Milch in meinem Rucksack gluckerte. Sie war wahrscheinlich Sahne, wenn ich mal irgendwo angekommen sein sollte. Ich trat schneller. Das Fahrrad war schlecht, die Gangschaltung funktionierte nicht. Schon drohte der Wagen aus meiner Sicht zu verschwinden, doch zum Glück wurde die Straße gerade durch einen überlangen, rangierenden Lkw blockiert. Marc musste halten; ich konnte aufholen. Als der Lkw endlich die Straße freigab, drängte sich ein schwerfälliger Traktor vor Marcs Wagen, und so konnte ich ihm einigermaßen leicht folgen.

Wir durchquerten das Gebiet mit den vielen Ferienhäusern und gelangten auf eine größere Straße. Ich hatte längst schwere Beine, denn auch ein langsamer Traktor fährt 30 km/h. Außerdem überholte Marc jetzt und ich verlor das Auto kurzzeitig aus den Augen.

Doch im Kreisverkehr sah ich ihn wieder. Er bog rechts ab und fuhr stadtauswärts. Der Verkehr war hier dichter; ich konnte aufschließen. Jetzt bog Marc ab und fuhr zum Parkplatz von *Mr Bricolage*. Jetzt wusste ich, was für einen Mister Marc gemeint hatte. *Mr Bricolage* war eine französische Baumarktkette und hieß übersetzt *Herr Bastler*, wie mir mein Vater erklärt hatte.

Marc parkte das Auto zwischen zwei anderen Fahrzeugen, ich versteckte mich und beobachtete, wie Marc und die Joggerin ausstiegen. Sie sprachen kurz, dann gingen sie auf den Baumarkt zu.

»Lisbeth!«, rief ich leise. Ich hatte gewartet, bis Marc und die Joggerin weit genug weg waren, und war näher geschlichen, den Kopf voller Sorgen. Wie sollte ich Lisbeth aus dem verschlossenen Auto rausbekommen? Und was, wenn es stundenlang hier auf dem Parkplatz stand? In der prallen Sonne. Ich hatte erst kürzlich von einem Kind gelesen, das an einem Hitzschlag gestorben war, weil die Eltern es nur eine halbe Stunde lang im Auto vergessen hatten.

Doch meine Befürchtungen waren grundlos. Lisbeth war

längst aus dem Auto geklettert und winkte mir munter zu. Marc hatte wohl vergessen abzusperren.

»Konrad!«, rief sie. Irgendwie schien sie froh, mich zu sehen. »Da warst du aber schnell!«

Ich wies auf das Fahrrad. »Stand auf dem Parkplatz ... Achtung! Duck dich!« Ich zog Lisbeth hinter ein Auto. Marc und die Joggerin kamen schon wieder aus dem Baumarkt. Vorsichtig hob ich meinen Kopf über die Kühlerhaube eines geparkten Autos. »Sie haben eine Schubkarre gekauft.«

»Tatsächlich?« Lisbeth wirkte so überrascht, als hätten sie sich ein Einrad mit Flügeln besorgt.

»Ja, schau doch selbst. Was überrascht dich daran so sehr?«

»Du hast *die* Schubkarre gesagt.«

»Hä?«

»Karre. Nicht Karren.«

»Ja und? Du hast doch selber gesagt, es sei egal.«

Jetzt hob Lisbeth den Kopf. »Sie laden ihn in den Kofferraum.«

»Wen?«

»Den Karren.«

»Jetzt hast du aber Karr*en* gesagt.«

Lisbeth sah mich an und runzelte die Stirn. »Hab ich das?« Sie richtete sich mit einem Mal ganz auf.

»He, was tust du?«, rief ich und versuchte, sie wieder nach unten zu ziehen.

»Wir brauchen uns eigentlich nicht zu verstecken. Die zwei wissen ja gar nicht, weshalb wir hier sind ... ich meine, selbst wenn sie uns jetzt sehen würden ...«

Auch ich stand auf. »Stimmt eigentlich. Aber wozu haben sie einen Schubkarren gekauft?«

Marc und die Joggerin stiegen ins Auto.

»Keine Ahnung«, sagte Lisbeth. »Aber ich glaub, das ist auch nicht so wichtig.«

Aha, dachte ich. Wieso war das jetzt nicht wichtig? War nicht laut Lisbeth alles wichtig? Und nicht sogar und vor allem Schubkarren? Aber ich wollte mich nicht mit ihr in sinnlose Diskussionen über die Wichtigkeit von Schubkarren verstricken. Also fragte ich: »Und jetzt?«

Marc und die Joggerin hatten den Schubkarren im Kofferraum verstaut und waren wieder eingestiegen.

»Jetzt fahren wir zurück.«

Lisbeth saß auf dem Gepäckträger und war schwerer als erwartet. In Gedanken verfluchte ich sie. Nicht mal Danke hatte sie gesagt dafür, dass ich sie sozusagen gerettet hatte. Doch wirklich gerettet hatte ich sie ja nicht. Marcs Leichtsinnigkeit, das Auto offen zu lassen, hatte sie gerettet.

Ich fuhr das Fahrrad zu *Les Sables* und lehnte es wieder an den Zaun.

»Ganz schön heiß heute«, stellte Lisbeth fest.

»Was hast du? Du musstest doch nicht strampeln.« Immer noch kein Wort von Dank.

»Trotzdem heiß.« Sie wischte sich den Schweiß von der Nase. Sie schwitzte nur da. Die Tröpfchen sahen aus wie Sommersprossen.

»Wo sind eigentlich deine Sommersprossen geblieben?«,

fragte ich deshalb. Ich war genervt und wollte an ihr herumkritisieren. »Du hattest doch mal so viele.«

»Ich? Niemals!«

»Doch. Als du sechs warst und ich dich besucht habe.«

»Du hast mich mal besucht? Daran kann ich mich gar nicht erinnern.«

»Ich war für ein paar Tage bei euch. Dann holte mich Mama ab. Zwei Tage früher als geplant. Oma hatte mich hingebracht. Meine Mutter war total sauer auf sie. Du hattest ein orangefarbenes Bett.«

Lisbeth schloss die Augen. »Hm, das stimmt. Das hatte ich. Es war das alte Bett von Mama. Jetzt habe ich's nicht mehr.«

Sie ging jetzt eilig auf unsere Ferienanlage zu. Auch ich beschleunigte meinen Schritt. Immer noch war ich außer Atem. Warum musste sie so hetzen? Und warum musste sie schon wieder über ihre tote Mutter sprechen? Auf die Idee, dass ich selber damit angefangen hatte, kam ich gar nicht. Stattdessen wurde ich auf einmal furchtbar wütend.

Ich stampfte mit dem Fuß auf den Boden und schrie sie unvermittelt an: »Genau deshalb wollte ich nicht, dass du mitfährst!«

Immerhin bewirkte mein Geschrei, dass Lisbeth stehen blieb. Ratlos sah sie mich an. »Weil ich ein orangefarbenes Bett hatte?«

»Nein!« Diese dumme Frage machte mich nur noch zorniger. Sie wusste doch genau, was ich meinte. »Nein! Weil ich mit dir dauernd über den Tod reden muss. Ich will das nicht! Ich will nicht über den Tod reden!«

»Meinst du, ich will das?« Jetzt schrie auch Lisbeth.

Wir standen uns gegenüber und starrten uns wütend an. Hinter Lisbeth blühten in einem Garten die Hortensien. Sie passten farblich zu ihrer rosa Fusseljacke. Andere Blüten waren bläulich und passten farblich eher zu Lisbeths ausgebeulter Jeans. Das fiel mir auf, bevor ich den kleinen grünen Papierstreifen an der Naht am rechten Bein kleben sah. Ich zeigte hin und sagte ruhiger: »Du hast da was.« Bevor sie irgendwas antworten konnte, wusste ich jedoch, was das war, und ging hin, um ihr den Streifen abzuzupfen. »Das ist Mamas Visitenkarte!«, rief ich.

Meine Mutter nahm überallhin Visitenkarten mit. Allerdings waren es keine Karten im üblichen Format, sondern eine Art schmaler Streifen mit ihrer Adresse und ihrer Website. Das Ganze war ein Aufkleber. »Wie kommt Mamas Visitenkarte an dein Hosenbein?«

Lisbeth zuckte mit den Schultern. »Ich wusste nicht mal, dass sie welche hat. Lagen die im Bungalow?«

Ich schüttelte den Kopf. »Nein. Sie lässt sie zu Hause nicht herumliegen. Sie hat sie immer im Geldbeutel.«

Lisbeth befühlte den Klebestreifen. »Vielleicht hab ich sie ja auch aus dem Auto. Kann sein, dass sie auch in der Handtasche der Joggerin war. Mit dem Zettel da.«

Lisbeth fasste in ihre linke hintere Jeanstasche und hielt mir einen Papierbogen hin, bei dem es sich offenbar um eine Kopie handelte. »Das ist eine Liste mit Namen. Alle, die draufstehen, waren irgendwie bei der O. T. Das hat zumindest jemand mit der Hand dazugeschrieben.

Organisation Todt 1944: Franz Rübenbrück, Josef Sattler, Anton Cziebilsky, Georg Trost, Hans-Otto Grabelt, Albert Sterzing ...«

»Seltsam, dass sich so ein Zettel in der Handtasche der Joggerin befindet«, sagte ich. Wir hatten unsere Ferienanlage fast erreicht. »Eine Liste mit lauter Toten.«

»Sie müssen nicht alle tot sein«, wandte Lisbeth ein. »Nimm einmal an, damals war einer von ihnen 20. Dann wäre er jetzt 90. Er könnte noch leben.«

Ich antwortete nicht. Aber irgendwie fiel mir plötzlich Monsieur Vitrac ein. Er mochte ungefähr in diesem Alter sein. Doch er war Franzose; und auf der Liste standen nur deutsche Namen.

»Vielleicht«, fuhr Lisbeth fort, »hat einer von diesen Leuten was im Bunker versteckt!«

»Das Gold! Und die Joggerin hat es herausgefunden.«

Lisbeth schüttelte den Kopf. »Nicht die Joggerin. Die tote Frau. Also, als sie noch lebte. Und die Joggerin und deine Mutter haben sich hier irgendwo zufällig kennengelernt.« Lisbeth strich mit dem Finger über die knallgrüne Visitenkarte.

Dann nahm sie sich noch einmal das kopierte Blatt vor.

»Es ist die Kopie von einem alten Dokument. Schau dir mal die Buchstaben hier an. Die sind von einer Schreibmaschine. Das Original war viel kleiner, nur DIN A5 oder so. Und von der ersten Kopie, in die jemand etwas hineingeschrieben hat, hat dann jemand, jemand anderes vielleicht, noch eine Kopie gemacht.«

Ich betrachtete das Blatt. »Sieh mal! Hinter allen Namen

sind Häkchen, nur hinter einem nicht, Albert Sterzing. Hinter diesem Namen ist ein Fragezeichen. Und dahinter wurde auch irgendwas hingekritzelt ... Wart mal, was steht da? *Cei zu* ... und *Zwergenleiter ... siehe* ... oje ... nee, das kann ich nicht lesen ... *Zwergenleiter*, was soll das sein?«

Lisbeth antwortete nicht gleich. Dann sagte sie: »Oh!«

Dieses »Oh!« klang, als hätte sie in die Fratze des puren Grauens geblickt. Sie starrte die Straße entlang.

Auch ich blickte auf. Aus der Stichstraße, die zum Strand führte, kam Jean-Luc, und er war nicht allein. Eine ziemlich gut aussehende Blondine begleitete ihn. Sie trug knappe Shorts und ein flatterndes T-Shirt. An der Nase blitzte ein Piercing. War das nicht Valérie Didier? Die Surfmoden-Designerin aus dem Flyer? Sie lächelte Jean-Luc ununterbrochen mit ihren großen, strahlend weißen Zähnen an.

Alles klar, dachte ich, als auch Jean-Luc lächelte. Er hatte ebenfalls sehr, sehr weiße Zähne. Ob eine glückliche Liebe die Zähne heller macht, überlegte ich und warf einen Blick auf Lisbeths Mund. Der war aber ziemlich zugekniffen und jetzt schüttelte sie sich wie ein nasser Hund.

»Was trägt die denn mit sich herum?«, fragte ich, einfach um irgendetwas zu sagen. »Ist das nicht eine Schaufel?«

»Sie ist rostig«, sagte Lisbeth tonlos. Sie band noch einmal ihren Pferdeschwanz neu. »Also, für meinen Geschmack gibt es hier eindeutig zu viel Rost«, stellte sie fest und wandte sich von den beiden ab. Mit Riesenschritten eilte sie davon.

Hexenschuss

Mein Vater hatte Jakobsmuscheln auf dem Fischmarkt gekauft. Jetzt briet er sie in Butter. Er hatte den Tisch auf der Terrasse gedeckt. Meine Mutter trug eine Schüssel aufgewärmter Nudeln vom Vortag hinaus.

Lisbeth hatte sich in unser Zimmer verzogen.

»Konrad, trag mal den Saft raus!«, rief meine Mutter.

Ich nahm die zwei Saftflaschen – Grapefruit für Lisbeth, Orange für mich – und stellte sie auf unseren großen weißen Tisch. Ich setzte mich und schenkte mir ein.

Jetzt kam mein Vater mit freudestrahlendem Gesicht und rief: »Tätätätääää! Eine Spezialität des Hauses! Coquille Saint-Jacques! Zart gebraten in zarter beurre!«

Meine Mutter häufte sich Nudeln auf den Teller. »Perverse Eiweiße, sag ich da nur.« Sie kippte einen Löffel Parmesan über die Nudeln.

»Käse ist auch Eiweiß. Und meines Erachtens auch ein ziemlich perverses«, sagte mein Vater.

Meine Mutter winkte nur ab. Sie hasste Meeresfrüchte, und wenn mein Vater Krabben kaufte, sagte sie: »Ich ess doch auch keine Spinnen.«

Irgendwie hatte sie schon recht. Auch ich aß lieber Nudeln. Allerdings nicht mit Parmesan, sondern mit Ketchup.

»Hier sind die Dinger wirklich günstig«, erklärte mein Vater schmatzend. »In Deutschland kosten 100 Gramm ein Vermögen. Und umso besser, wenn ihr nichts esst. So bleibt mehr für mich ... Aber wo ist eigentlich Lisbeth?«

»Drin«, sagte ich.

»Und warum kommt sie nicht? ... Lisbeth!«, rief mein Vater. »Es gibt Muscheln!«

Keine Antwort.

»Dabei mag sie Muscheln doch«, sagte mein Vater an uns gewandt.

»Hast du ... ich meine, habt ihr wieder gestritten?«

»Nein, haben wir nicht«, sagte ich patzig.

»Ja, aber wieso kommt sie nicht?«, fragte meine Mutter.

»Lisbeth!«, rief mein Vater noch einmal.

Da kam Lisbeth langsam auf die Terrasse und setzte sich an den Tisch.

»Das sind Jakobsmuscheln. Eine Delikatesse!«

»Ich hab gar nicht so Hunger«, sagte Lisbeth. Es klang entschuldigend.

»Na, ein Müschelchen!« Mein Vater lud ihr einen der hellen Knubbel auf den Teller.

»Geht's dir nicht gut?«, fragte meine Mutter besorgt.

»Doch, alles prima. Ich ... bin ... nur ein bisschen k.o.«

»Du kannst ja heute früher ins Bett gehen«, schlug meine Mutter vor, und Lisbeth nickte.

Eine Weile aßen wir schweigend. Mir war das unangenehm. Ich wollte nicht schweigen. Also fragte ich mitten in das Schweigen hinein: »Mama, hast du die Joggerin jetzt eigentlich mal kennengelernt?« Ich sprach so beiläufig wie möglich und mit vollem Mund.

Meine Mutter wirkte überrascht, vielleicht sogar erschrocken. »Ich? ... Äh ... Ja. Gestern Abend auf der Surfmodenschau. Aber wie kommst du darauf, ich könnte sie kennengelernt haben?«

»Sie hat uns angesprochen«, kam mir Lisbeth zu Hilfe.

»Ja, genau«, bestätigte ich und musste husten. Ich hatte mich an den Nudeln verschluckt.

»Die Muschel schmeckt lecker«, sagte Lisbeth an meinen Vater gewandt – und wie nebenbei zu meiner Mutter: »Die Joggerin ist sicher auch so eine Touristin.«

»Ja ... natürlich«, sagte meine Mutter. »Alle sind hier Touristen.«

»Nicht alle«, widersprach mein Vater. »Marc zum Beispiel ist Schriftsteller.«

»Waaas?«, entfuhr es mir.

»Ja, er schreibt ein Buch über Aquitanien, einen Roman. Er hat deswegen die letzten drei Monate hier verbracht. Mann, Mann, Mann, Schriftsteller müsste man sein.«

»Hat er dir das erzählt?«, fragte ich.

Mein Vater nickte.

Ich schüttelte stumm den Kopf. Es war mir natürlich sonnenklar, dass Marc meinen Vater angeschwindelt hatte. Ganz sicher war er nicht wegen eines Romans seit so langer Zeit hier.

Auch meine Mutter schien verwundert. »So lange ist er schon hier! Hat mir Elke ja gar nicht erzählt.«

»Die sind ja auch getrennt«, erklärte mein Vater.

Lisbeth blieb den ganzen Abend über ziemlich stumm.

Kurz vor dem Zubettgehen fragte ich Lisbeth nach dem kopierten Zettel. Sie gab ihn mir, ohne viel zu sagen, und kroch unter ihr Laken.

Auch ich schob die Ansammlung aus Tüchern irgendwie zurecht. Dann ging ich die Wörter neben dem Namen Albert Sterzing noch einmal durch. Ich verglich sie auch mit dem Schriftzug O. T. 1944. Keine Frage, das war dieselbe Schrift. Aber mir fiel auf, dass die Ziffern 1-9-4-4 ziemlich eng beieinanderstanden, ja, sie hingen fast aneinander. Die beiden Vieren zusammen sahen fast aus wie zwei kleine u. Wenn in dieser Schrift Zahlen also aussahen wie Schreibschriftbuchstaben, konnten dann nicht vielleicht auch andere Buchstaben Zahlen sein, zum Beispiel dieses *Cei zu*? Konnte das zu vielleicht aus den Ziffern 3-1-1 bestehen? 311, dachte ich. War das nicht die Bunkernummer? Dann war *Cei* keine Zahl, sondern war als *Gi* zu lesen. Der *Gi311!*

»Lisbeth!«, flüsterte ich aufgeregt. »Lisbeth! Es heißt Gi311!«

Lisbeth öffnete kurz die Augen und murmelte: »Hab ich mir eh schon gedacht.« Dann drehte sie sich auf die andere Seite.

Klar. Hatte sie sich gedacht.

Gewöhnlich träumte ich allerlei Unfug. In dieser Nacht aber träumte ich ganz realistisch. Ich sah das blauen Haus. An der Hintertür waren keine Stufen, sondern eine winzige Leiter lehnte an der Schwelle. Ich stieg die winzige Leiter hoch und setzte mich im Wohnzimmer an einen winzigen Tisch auf einen viel zu kleinen Stuhl, der so klein war, dass meine Knie fast an meine Ohrläppchen stießen. Von hinten beugte sich jemand über mich und sagte: »Du kannst nichts dafür. Zwangsarbeiter bekommen immerhin zu essen.«

»Der Atlantik ist nicht die Adria«, sagte mein Vater. Seine Stimme klang etwas belehrend. Ich hatte mein Handtuch über den Wäscheständer auf der Terrasse gehängt und hüpfte auf einem Bein, um das Wasser aus meinem Ohr zu bekommen.

Zwei Stunden hatte ich im Pool gebadet und versucht, meinen Langstreckentauchrekord zu knacken, und dabei irgendwie auf Lisbeth gewartet. Aber sie war nicht gekommen. Seit gestern hatte sie vielleicht 30 Worte gesprochen. Das war nicht gut.

»Das kann man in jedem Reiseführer nachlesen«, fuhr mein Vater fort. Meine Eltern waren offenbar im Schlafzimmer. Ich hörte ihre Stimmen durch das geöffnete Fenster. »Und dass Kälte nicht gut für dein Kreuz ist, weißt du auch.«

Kreuz? Oje? Hatte meine Mutter mal wieder einen Hexenschuss? Sie bekam das jedes Jahr einmal. Wenn sie Pech hatte, musste der Arzt kommen und ihr eine Spritze geben, damit sie sich überhaupt wieder rühren konnte. Sie sagte etwas, das ich nicht verstand.

»Ich mach dir mal eine Wärmflasche«, antwortete mein

Vater und kam in die Küche. Dort ließ er heißes Wasser in eine leere Plastikflasche laufen, schraubte sie zu und ging damit wieder ins Schlafzimmer. »Gut so?«

Meine Mutter ächzte.

»Trotzdem«, fuhr mein Vater fort, »trotzdem weiß ich nicht, was du hier wolltest.«

»Urlaub machen eben«, stöhnte meine Mutter.

»Du machst aber keinen Urlaub. Jedenfalls nicht so wie sonst.«

»Wieso? Ich zeichne doch sonst auch.«

»Das meine ich nicht. Ich meine diese anderen Dinge. Warum rennst du die ganze Zeit in die Stadt?«

»Ich guck mir halt gern Schaufenster an … und Kleider …«

»Ha! Aber seit wann gehst du ins Museum? Seit wann interessieren dich Bunker? Seit wann gehst du abends zu Surf-Veranstaltungen?«

»Das war Bademode. Und ins Museum ging ich wegen Lisbeth.«

»Aber diese ganzen Broschüren. Hier … eine historische Karte … aus dem Krieg. Und wozu schreibst du dir die Namen aller Gefallenen auf?«

»Stöberst du in meinen Sachen?«

Mein Vater holte Luft. »Nein … doch … ein bisschen. Weil ich mich eben wundere. Ich meine, es kann nicht sein, dass du dich plötzlich für Geschichte interessierst. Da muss doch etwas anderes dahinterstecken.«

Eine kleine Pause entstand. Dann sagte meine Mutter etwas gequält: »Da steckt nichts dahinter.«

»Aber dieser Marc …«

»Was soll denn mit diesem Marc sein!«, fuhr meine Mutter auf. »Aaaah! Tut das weh!« Ich hörte das Bett quietschen.

»Du … Er …«

Aus meiner Mutter kam ein tiefer, schwerer Seufzer. »Ach, Christian!«

Lisbeth war immer noch unansprechbar. Scheinbar las sie in ihrem Bunkerbuch, aber eigentlich guckte sie immer wieder hoch zum Bademeisterhäuschen. Viele Surfer waren draußen. Die gelbe Fahne flatterte im Wind, aber die Bademeister wirkten nervös.

Meine Mutter ließ die warme Sonne auf ihren Rücken scheinen. Sie konnte sich kaum bewegen.

Es war ungewöhnlich schwül für den Atlantik. Die Sonne stach, die Wolken verkündeten schlechtes Wetter.

Plötzlich hob meine Mutter den Kopf und zeigte nach Süden. »Guckt mal da! Unsere Nachbarn.«

In einiger Entfernung hatten unsere Merde-Nachbarn ihr Lager aufgeschlagen. Beide trugen Neoprenanzüge. Die Frau hob ihr Surfbrett an.

»Schwarz macht schlank«, sagte meine Mutter und ließ stöhnend ihren Kopf in den warmen Sand fallen. »Alles ist besser als String-Tangas.«

»Auch Burkinis?«, fragte mein Vater.

»Auch Burkinis«, sagte meine Mutter. »Verhüllung ist oft nicht das Schlechteste.«

»Du findest also, alle müssten Burkinis tragen.«

»Bestimmt nicht«, erwiderte meine Mutter. »Aber wusstest du, dass das gar keine Franzosen sind?«

»Wer?«

»Unsere Nachbarn. Sie tun nur so. In Wirklichkeit sind das Russen.«

»Nein, Amerikaner«, sagte Lisbeth. Sie drehte ihren Rucksack, der heute sehr dick war und den sie als Kopfstütze benutzte, herum. »Autsch, mein Handy drückt.« Ich war froh, dass sie wieder sprach.

»Es sind Russen«, beharrte meine Mutter.

»Aber die Frau hat ein amerikanisches Buch gelesen«, widersprach Lisbeth.

»Das ist Tarnung.«

»Warum sollte ein russisches Ehepaar, das sowieso schon so tut, als käme es aus Frankreich, noch dazu so tun, als käme es aus Amerika?«, fragte Lisbeth

»Du findest also«, fragte mein Vater, »dass Leute, die so tun, als seien sie Franzosen, aber aus Russland oder Amerika kommen, keine String-Tangas, sondern Burkinis tragen sollten?«

»Hä?«, fragte ich.

Mein Vater winkte ab.

Die Merde-Nachbarin hatte jetzt ihr Surfbrett unter den Arm geklemmt und entfernte sich damit von uns. Etwa 100 Meter südlich des Bunkers ging sie aufs Wasser zu. Der Mann machte sich weiterhin an ihrem Lagerplatz an irgendetwas zu schaffen, das ich nicht genau erkennen konnte. Aber nun war auch er bereit. Er hatte sich eine Art länglichen Rucksack umgeschnallt. Außerdem hatte er sich Flossen unter den linken Arm geklemmt..

»Das ist gar kein Rucksack, das sind Sauerstoffflaschen«, stellte meine Mutter fest. »Darf man hier überhaupt tauchen?«

Der Mann ruckte an seiner Taucherbrille. Er gab seiner Frau ein Zeichen, und beide stapften aufs Wasser zu, das wegen der Ebbe noch ein gutes Stück entfernt war.

»Gute Frage«, sagte mein Vater und schaute zu den Bademeistern. Jean-Luc saß oben auf seinem Stuhl und überwachte die Badenden, der Kurzhaarige stand unten und trat von einem Fuß auf den anderen. Bademeister zu sein, war bestimmt manchmal langweilig.

Wir beobachteten die beiden Scheinfranzosen weiter. Was hatten sie vor?

Sie hatten nun das Wasser erreicht, die Frau lag bäuchlings auf dem Surfbrett, der Mann zog seine Flossen an.

»Ich geh ins Wasser«, verkündete Lisbeth auf einmal.

»Aber pass auf«, mahnte mein Vater. »Die Wellen sind heute hoch.«

»Ich pass schon auf«, sagte Lisbeth.

»Ich geh mit«, sagte ich. Das schien meinen Vater zu beruhigen.

Lisbeth rannte nach vorne, fast 200 Meter weit. Es war tiefste Ebbe. Am Wasser angekommen, warf sie sich sofort hinein; ich tat dasselbe. Es blieb einem ohnehin keine Wahl. Die Wellen rissen einen heute sofort um. Vielleicht tobte draußen auf dem Atlantik längst ein Sturm.

Eine Weile kämpfte ich neben Lisbeth gegen die Wellen, ich tauchte darunter durch oder versuchte, sie so zu erwischen, dass ich mitgetragen wurde. Immer war ich ein Stück weiter rechts als Lisbeth.

Ab und zu, fiel mir auf, schaute sie zu den Merde-Nachbarn hinüber, die etwas weiter südlich auf dem Surfbrett in den Wellen paddelten. Auch mich hätte interessiert, was die beiden mit dem Surfbrett, den Flossen und dem Sauerstoffgerät taten. Durfte man so nahe an der Badezone tauchen? Aber die Bademeister wirkten nicht interessiert.

Lisbeths Kopf verschwand für eine Weile. Er tauchte viel zu weit links wieder auf. Die Strömungen waren wirklich jeden Tag anders. Mal zog es einen hierhin, mal dorthin.

Wir kamen den Merde-Nachbarn immer näher.

»Wir sind zu weit links!«, rief ich Lisbeth zu, die plötzlich ein ganzes Stück weiter draußen war als ich. Doch sie hörte meinen Ruf nicht. Sie, ich und unsere Nachbarn bildeten fast ein gleichseitiges Dreieck.

In diesem Augenblick überraschte mich eine ziemlich große Welle. Sie riss mich mit, ich wurde herumgewirbelt und überschlug mich unter Wasser mehrmals. Als ich wieder Boden unter den Füßen hatte, war ich ein ganzes Stück Richtung Strand getrieben worden und außerhalb der Badezone gelandet. Ich hörte einen Pfiff und sah mich zu den Bademeistern um. Sie winkten mir zu. Ich hustete, spuckte eine Ladung Salzwasser aus und kämpfte mich durch die Wellen und durch die Strömung zurück in die Badezone.

Dann suchte ich das Meer nach Lisbeth ab. Meine Augen

brannten vom Wasser, die Sonne blendete mich. Wo war Lisbeth?

Ich sah sie nicht. Das gleichseitige Dreieck war einfach nicht mehr da. Vielleicht ist sie weiter nach rechts geschwommen, überlegte ich und schaute mir die anderen Badenden an. Im Gegenlicht waren die Personen schwer zu unterscheiden – nur anhand der Größe und der Figur. Aber es gab keinen, der Lisbeth ähnelte. Da waren zwei korpulente Männer, da war die große Frau, da waren der Junge im roten Neoprenanzug und der andere mit dem Bodyboard, außerdem zwei Jugendliche. Aber ein schmales, 13-jähriges Mädchen mit blau-weiß gestreiftem Bikini war nicht darunter.

Ich schaute noch mal. Manchmal übersah man ja wen. Oder eine Welle war davor. Oder jemand war gerade untergetaucht. Oder derjenige war schon draußen.

Ich guckte zu den Duschen. Lisbeth duschte immer nach dem Baden. Doch Lisbeth war nicht bei den Duschen; sie tummelte sich auch nicht im Wirkungsbereich der Bademeister. Sie war weg.

Ich war unschlüssig, was ich tun sollte. Vielleicht hatte ich sie ja einfach nur nicht gesehen. Langsam kehrte ich zu unserem Platz zurück.

»Wo ist Lisbeth?«, fragte mein Vater sofort.

Ich zuckte mit den Schultern.

»Was, das weißt du nicht?«, fuhr meine Mutter auf.

»Sie wird schon irgendwo sein«, sagte ich. Eigentlich wollte ich mich damit bloß selber beruhigen – und auch meine Mutter. Aber bei der kam das ganz falsch an.

»Du kannst doch nicht mit Lisbeth ins Wasser gehen, rauskommen und sagen, sie wird schon irgendwo sein?«

»Na, na, na«, nahm mich mein Vater in Schutz. »Konrad ist doch hier nicht der Bademeister. Und schon gar nicht Lisbeths Aufpasser. Sie wird wahrscheinlich bei den Duschen sein.«

»Nein, da ist sie nicht«, sagte ich leise. »Ich … mich hat eine Welle blöd erwischt, und als ich aufgetaucht bin, war sie weg.«

Meine Mutter wollte aufspringen, doch sie machte bloß: »Aaaaaah!«

Dafür stand mein Vater auf und starrte aufs Meer. »Da ist sie doch!«, sagte er, hob den Arm und winkte.

Meine Mutter stöhnte.

»Du immer mit deiner blöden Panik!«, blaffte mein Vater.

Als Lisbeth zu unserem Platz kam, schnauzte er sie ziemlich an.

Lisbeth hörte nur wortlos zu, wickelte sich in ihr Handtuch und setzte sich. Ich war wütend. Warum war sie nicht neben mir geblieben? Warum hatte sie uns so erschrecken müssen? Ich glaubte nicht daran, dass sie aus Versehen von einer Welle weggerissen worden war. Nicht Lisbeth. Dafür schwamm sie viel zu gut. Ich äugte zu ihr hinüber, aber sie starrte nur mit scheinbar gleichgültigem Blick aufs Meer.

Und je länger und gleichgültiger sie glotzte, desto wütender wurde ich. Nicht nur auf Lisbeth, auf alles. Zum Beispiel auf diesen blöden Bunker! Warum schlichen alle um ihn herum? Der Bademeister hatte schon recht mit dem Haufen

Mist, der die Fliegen anzog. Fliege Nr. 1 und 2 waren natürlich unsere Merde-Nachbarn. Die hatten bestes Kartenmaterial und umkreisten ihn sogar mit Sauerstoffgeräten. Fliege Nr. 3 war dieser Oberschnüffler Marc, der sechs Jahre, sechs Monate oder sechs Wochen im blauen Haus gewohnt hatte und dessen Beruf *Herausfinder* war. Ganz zu schweigen von Fliege Nr. 4, der Dauerjoggerin Marjorie, die immer nur am Bunker stehen blieb und ebenfalls in diesem blauen Haus wohnte, das offenbar eine Frau Didier vermietete, die vielleicht eine Tochter – Valérie – hatte, die Surfmode entwarf. Und welche Rolle spielte der alte Mann mit der Beinprothese, dieser Monsieur Vitrac, der früher in dem hässlichen Betonblock *Les Sables* gewohnt hatte? Er war zwar keine Fliege, die um den Bunker schwirrte, daran hinderte ihn schon sein fehlendes Bein, aber irgendwie gehörte er doch auch dazu, zu diesem Fliegennest!

Na ja, Fliege Nr. 5 war meine Mutter und leider, leider gehörten auch Lisbeth und ich dazu. Wir waren Fliege Nr. 6 und 7. Wobei Lisbeth, ganz klar, die schlimmere Fliege war.

Wieder äugte ich zu ihr. Die Fliegengedanken hatten meine Wut vertrieben und Lisbeths Gesichtsausdruck war auch nicht mehr ganz so gleichgültig.

Ici! Sur la plage!

»Ich geh zurück«, ächzte meine Mutter und rappelte sich mühsam auf. Demonstrativ stöhnend packte sie ihre Sachen zusammen und ging davon.

»Na ja«, sagte mein Vater, als sie weg war. »Das Wetter wird eh nicht besser. Ich geh auch. Aber dass ihr mir nicht mehr allein ins Wasser geht, hört ihr! Das ist heute zu gefährlich. Ich will nicht noch mal so einen Stress wie vorhin.«

»Nein, nein«, sagte ich.

Lisbeth schüttelte nur stumm den Kopf.

Mein Vater schulterte die Badematte. »Also dann.«

Er schlappte mit seinen Badelatschen durch den Sand davon. Meine Haut juckte vom Salz, mein aufgeschlagenes Schienbein brannte plötzlich höllisch, mir war zu heiß und ich spürte einen tiefen Überdruss. Vielleicht war es auch Heimweh oder so etwas. Oder es lag am Gewitter. Wir alle hatten ja unglaublich schlechte Laune. Vielleicht hilft der Pool, überlegte ich und stand ebenfalls auf.

»Gehst du auch?«, fragte mich Lisbeth.

»Ja.«

»Ich bleibe noch.«

»Hm.«

»Ist ja erst halb vier.«

Ja, es war erst halb vier. Aber es würde ein Gewitter kommen. »Also tschüss. Bis nachher.«

Lisbeth sah in meine Augen. Das tat sie selten. Ich schaute sie auch nicht oft an. Niemanden schaue ich gern länger an. Es ist mir unangenehm. Auch Lisbeths Blick war mir unangenehm.

»Wusstest du, dass man früher dachte, man könne nur bei Ebbe sterben?«, fragte sie mich.

»Wieso nur bei Ebbe?«

»Sogar Shakespeare und Charles Dickens dachten das noch.«

Ich zuckte mit den Schultern, weil ich nicht wusste, was ich sagen sollte. Aber ich sah hinaus aufs Meer. Seit anderthalb Stunden kam wieder die Flut. Zum Glück. Dann wandte ich mich um und stapfte durch den weichen Sand davon. Einer der Bademeister sah mir nach. Sie kannten uns jetzt allmählich.

Das Gewitter kam nicht. Es wurde zwar immer schwüler und die Sonne immer stechender, aber der Wind zerteilte die Gewitterwolken immer wieder aufs Neue, sodass das Unwetter keine Chance hatte. Noch nicht.

Mein Vater sprang mit einem Kopfsprung zu mir in den Pool und tauchte knapp vor mir auf. Ich badete inzwischen seit zwei Stunden.

»Wo ist eigentlich Lisbeth?«, wollte er wissen.

»Am Strand.«

»Immer noch?«

Ich zuckte mit den Schultern.

Mein Vater zog sich am Beckenrand hoch. »Irgendwie ist mir das gar nicht recht.«

»Wieso?«, fragte ich.

Normalerweise kümmerte sich mein Vater nicht darum, wo wir waren und was wir taten.

»Wegen der Wellen. Sie sind heute so hoch. Und Lisbeth war vorhin schon so weit draußen.«

»Du hast doch gesagt, wir sollen nicht ins Wasser.«

»Hab ich, ja. Aber ich erinnere mich auch daran, wie ich in eurem Alter war. Da hab ich nur selten getan, was man mir sagte.«

»Warum sollte Lisbeth unbedingt allein ins Wasser wollen?«

»Weil ... weil sie so ist.«

»Wie?«

»So ... eigenwillig. Ich weiß nicht, sie ist so bockig heute. Redet kaum. Als hätten wir ihr was getan. Hast du ihr was getan, Konrad?«

»Ich? Nein!« Auch ich kletterte aus dem Wasser. Meine Hände waren ganz schrumpelig. Ich genoss den Pool ohne Nick. Nur ein kleines bisschen langweilig war es. »Ich kann ja mal nach ihr gucken.«

»Ja, mach das«, sagte mein Vater und wirkte erleichtert, weil er selber nicht gehen musste.

Am Strand war sie nicht, obwohl ich ihn jeweils nach Norden und Süden absuchte. Inzwischen schien die Sonne nur noch minutenweise. Die Wolken hatten ihren Kampf gegen den Wind gewonnen und ballten sich kräftig zusammen.

Oben beim Wasserwachthäuschen zappelte die gelbe Fahne im Wind. Der Sixpack-Bademeister guckte durchs Fernglas aufs Meer.

Ich kehrte zum Bungalow zurück. »Am Strand ist sie nicht!«, rief ich über die Terrasse ins Haus.

Mein Vater kam heraus. »Nicht?«

»Was ist denn?«, kam es aus dem Schlafzimmer.

»Lisbeth ist noch nicht zurück.«

»Na ja, sie wird eben noch draußen sein!«, kam es aus dem Schlafzimmer von meiner Mutter.

»Wir hätten sie nicht allein am Meer lassen dürfen«, sagte mein Vater und raufte sich die Haare. »Ich geh jetzt runter zum Strand.«

»Ich komm mit«, sagte ich.

Mein Vater und ich wollten gehen. Da hörten wir meine Mutter rufen: »Wartet auf mich! Ich komme mit!« Sie kam aus dem Schlafzimmer gehumpelt.

Es war halb sechs. Der Strand war ziemlich leer, unaufhaltsam kam die Flut, die Wellen wurden immer höher.

Wir blickten aufs Meer. Der Bunker war zur Hälfte untergetaucht. Mein Vater ging auf ein deutsches Ehepaar zu, das wir von der Ferienanlage kannten. »Hallo, Sie waren doch den ganzen Nachmittag am Strand, oder?«

Der Mann rückte seine Sonnenbrille zurecht. »Ja, waren wir.«

Auch die Frau glotzte uns durch ihre Brille an.

»Können Sie sich an uns erinnern? Als wir heute hier waren?«

»Ja, schon.«

Mein Vater begann den Nachmittag zu beschreiben. »Erst ist meine Frau gegangen, dann ich …«

»Jaaa.«

» … und dann mein Sohn. Meine Nichte blieb noch länger.«

»Ach, ihre Nichte ist das.«

»Haben Sie sie danach noch gesehen? Also, nachdem wir alle weg waren?«

»Ja, sie saß da herum, nicht wahr, Sigrun?«

»Ja, sie saß da noch eine ganze Weile.«

»Und dann?«

Die Frau hob die Schultern. »Sie stand eine Weile mit den Füßen im Wasser. Und dann … ja, und dann war sie weg.«

Mein Vater räusperte sich und wandte sich an den Mann. »Haben Sie das auch gesehen? Haben Sie vielleicht gesehen, dass sie ins Wasser gegangen ist?«

»Ist sie denn weg?«

»Äh … nun ja, wir finden sie augenblicklich nicht.«

»Vielleicht fragen Sie mal die da drüben! Die sitzen schon seit Stunden da und schauen aufs Meer.« Der Mann deutete auf ein anderes Ehepaar.

Wir fragten also diese Leute. Es waren Franzosen. Auch sie hatten Lisbeth im Wasser stehen sehen.

»Nein!«, rief meine Mutter plötzlich. »Schaut mal, was da treibt!«

Sie machte ein paar wackelige Schritte ins Meer, schaffte es aber nicht, sich nach der roten Leine zu bücken, die von den Wellen vor und zurück getrieben wurde. Mein Vater kam ihr zu Hilfe und fischte die Leine aus dem Wasser. Sie gehörte zu Lisbeths Bodyboard. Die Hälfte des zerbrochenen Boards hing noch daran, die andere Hälfte fehlte. Das Brett hatte schon länger einen tiefen Riss gehabt, nur der Stoff hatte es noch zusammengehalten. Lisbeth hatte es trotzdem noch manchmal benutzt und es auch heute zum Strand mitgenommen. Meine Mutter betrachtete es entsetzt.

»Oh Gott, das Board.«

»Das war schon ziemlich kaputt«, sagte ich.

Mein Vater starrte das Brett nur fassungslos an. »Ich geh zu den Bademeistern.« Er nahm das Bodyboard und rannte zu dem Jeep.

Gestikulierend redete er auf den mit dem Sixpack ein. Meine Mutter und ich folgten ihm langsamer. Wo war eigentlich Jean-Luc?

Mein Vater redete immer noch. Er fuchtelte mit dem halben Bodyboard in der Luft herum. Der mit dem Sixpack hob hilflos die Hände. Sein Sixpack zuckte dabei. Die Stimme meines Vaters war höher als sonst, das Board fiel ihm aus der Hand. Fahrig hob er es auf. Der Bademeister runzelte die Stirn und sagte irgendetwas, das meinen Vater beruhigen sollte.

Mir war das alles höchst unangenehm. Der Bademeister nahm meinen Vater nicht ernst. Dabei war ich selber unsicher, was ich denken sollte. Einerseits verstand ich die plötzliche und scheinbar übertriebene Panik meines Vaters nicht, andererseits stieg in mir langsam selber die Angst hoch. Auch meine Mutter biss unruhig auf ihren Lippen herum.

Mein Vater redete weiter auf den Bademeister ein. Er fuchtelte jetzt weniger. Trotzdem verstand ich nicht, was mein Vater zu dem Bademeister sagte, und ich verstand auch nicht, was der Bademeister antwortete.

Dann kam ein anderer Bademeister hinzu, einer, der bisher nur am Häuschen gesessen hatte. Ich hatte ihn schon ein paarmal gesehen. Er war ziemlich jung und ziemlich blond, ein guter Surfer. Im Gegensatz zu dem anderen stellte ich an ihm eine gewisse Beunruhigung fest.

»Où est Jean-Luc?«, fragte ich ihn. Ich war verblüfft über meinen Mut, Französisch zu sprechen, wo ich das doch bisher, so gut es ging, vermieden hatte.

Auch meine Eltern wirkten verblüfft.

Der blonde Bademeister antwortete etwas, das ich nicht verstand.

»Er hat schon Feierabend«, erklärte mein Vater. »Woher kennst du denn seinen Namen?«

»Von Lisbeth«, sagte ich.

Mein Vater schwieg. Allein, dass ich Lisbeths Namen nannte, versetzte ihn schon wieder in Angst und Sorge.

Die Bademeister sprachen miteinander. Mir kam es so vor, als halte der Sixpack-Bademeister meinen Vater für übertrieben ängstlich, während der Blonde ihm eher glaubte.

»Ich versteh nicht ganz, was sie reden«, flüsterte meine Mutter. »Der Blonde sagt, auch er habe sie bis zu den Knien im Wasser stehen sehen.«

Der Sixpack-Bademeister fuhr den Blonden jetzt an, der Blonde verteidigte sich. Mein Vater mischte sich ein. Schließlich erklärten sich die Bademeister dazu bereit, den Strand in beide Richtungen mit dem Jeep abzufahren. Mein Vater sollte mitkommen, meine Mutter und ich am Häuschen warten.

Mein Vater stieg auf den Jeep, sie brausten davon. Unter anderen Umständen wäre ich neidisch auf meinen Vater gewesen. Mit dem Jeep hatte ich längst mal fahren wollen.

Meine Mutter stöhnte und setzte sich schwerfällig in den Sand. Ich blieb stehen und trat von einem Fuß auf den anderen. Das Warten war schrecklich. »Ich ruf sie jetzt an«, sagte meine Mutter plötzlich.

Darauf war keiner von uns bisher gekommen, Lisbeth einfach anzurufen! Meine Mutter zog ihr Handy heraus und wählte. Keiner ging ran. Klar.

»Mann, warum hat man so ein Scheißding und schaltet es dann immer aus?«, fluchte sie.

Sie rappelte sich auf, humpelte eine Weile vor dem Wasserwachthäuschen hin und her, hielt sich den Rücken und wählte noch sieben Mal Lisbeths Nummer. Dann verkündete sie: »Ich ruf Hermann an!«

Hermann war Lisbeths Vater.

»Nein, warte mal lieber noch«, sagte ich. »Vielleicht taucht sie ja noch auf.«

Irgendwie dachte ich, Lisbeths Verschwinden könnte etwas mit dem Dienstschluss von Jean-Luc zu tun haben. Ich wollte es sagen, doch irgendwas ließ mich zögern.

»Hast recht. Ich warte lieber noch.«

Eine Viertelstunde später kehrten die Bademeister zurück und brachten den Jeep knapp vor unseren Fußspitzen zum Stehen. Mein Vater stieg von der Ladefläche und wirkte noch verzweifelter.

Wieder verstrickte er sich in Diskussionen mit den Bademeistern. Schließlich wurde mir aufgetragen, zum Bungalow zurückzukehren. Vielleicht sei Lisbeth ja in der Zwischenzeit dort aufgetaucht.

Ich tat, was man mir sagte, und grübelte den ganzen Rückweg. Wo war Jean-Luc? Hatte ihr Verschwinden mit ihm zu tun? Konnte man wegen einem Bademeister so schlimmen Liebeskummer haben? Ach, Lisbeth! Im Moment konnte ich mir nichts Schöneres vorstellen, als sie mit ihrer komischen Fusseljacke auf der Terrasse sitzen zu sehen, in Bunkermagazine vertieft und pausenlos schlaumeiernd.

Doch sie saß nicht auf der Terrasse. Ich ging ins Haus. Dort ließ ich mich aufs Sofa fallen und wartete. Es war sechs Uhr, als mein Handy läutete. Meine Mutter schrie förmlich in den Hörer: »Ist sie da?«

»Nein.«

»Hör mal, es ist schrecklich. Die Bademeister wollen Feierabend machen, aber sie können doch jetzt nicht einfach gehen! Wir sollen uns an die Polizei wenden! Aber was soll das nutzen?« Sie sprach nun nicht mehr in den Hörer, sondern zu den Bademeistern: »Sie ist hier verschwunden, hier am Strand! ... Ici! Sur la plage!«

Auch meinen Vater hörte ich immer wieder »Ici! Sur la plage!« rufen.

»Mama!«, rief ich ins Handy. »Bist du noch dran?«

Keiner antwortete. Ich rief noch mal. Die Bademeister diskutierten weiter. Mein Vater wurde immer lauter. Schließlich hörte ich wieder meine Mutter: »Konrad? Sie gehen sie jetzt im Wasser suchen.«

Dann rauschte und klapperte es kurz. Mein Vater war dran: »Konrad! Du bleibst beim Bungalow und meldest dich, wenn sie da ist. Verstanden?«

Der leere Bungalow war mir unangenehm. Eine Weile saß ich da und versuchte, nachzudenken. Aber ich kam nicht recht weiter. Was konnte denn passiert sein? Genau genommen gab es fünf Möglichkeiten.

Erstens, es war gar nichts passiert. Lisbeth ging spazieren und hatte sich verspätet.

Zweitens, Lisbeth folgte Jean-Luc, und irgendetwas hinderte sie daran, zurückzukommen.

Drittens, Lisbeth war ertrunken (aus Versehen).

Viertens, Lisbeth war ertrunken (mit Absicht).

Fünftens, Lisbeth war abgehauen.

Möglichkeit eins, zwei und fünf waren halbwegs erträglich. Möglichkeit drei und vier waren eine Katastrophe.

Möglichkeit eins war ganz objektiv betrachtet die wahrscheinlichste, schon einfach deswegen, weil nicht so oft so schlimme Dinge geschehen. Trotzdem schien mir gerade Möglichkeit eins eher unwahrscheinlich zu sein.

Dann kam Möglichkeit zwei. Lisbeth war durcheinander,

seit Jean-Luc mit dieser Valérie Didier aufgetaucht war. Sie konnte ihm gefolgt sein und fand nicht mehr zurück.

Auch Möglichkeit vier erschien mir in diesem Zusammenhang als nicht vollkommen unmöglich. Aus Liebeskummer hatten sich schon viele umgebracht. Außerdem hatte sie vielleicht den Tod ihrer Mutter nicht verkraftet.

Völlig absurd hingegen kam mir Möglichkeit drei vor. Lisbeth ertrank nicht aus Versehen. Das konnte mir passieren oder von mir aus diesem Linguistik-Professor meines Vaters, aber niemals Lisbeth. Eher sinnlos war Möglichkeit fünf. Warum sollte Lisbeth abhauen? Wir stritten doch gar nicht mehr. Der Urlaub war ganz okay.

Ich stand auf und lief herum. Nein, nur durch bloßes Nachdenken ließ sich das Problem nicht lösen. Alles konnte sein; keine Möglichkeit konnte wirklich ausgeschlossen werden.

Da läutete mein Handy. Meine Mutter war dran und erklärte, die Polizei sei eingetroffen, nachdem ein weiterer Zeuge erklärt habe, er habe Lisbeth gegen halb fünf im Meer schwimmen sehen.

Ich legte auf. Mir war schlecht.

Um die Übelkeit zu vertreiben, lief ich weiter sinnlos herum und beschloss, den Bungalow zu durchsuchen. Irgendwas musste doch darauf hindeuten, was Lisbeth getan hatte.

Ich ging zuerst in unser Zimmer und durchsuchte den Schrank. Dann schaute ich unterm Bett nach und unter den Windjacken an den Kleiderhaken. Lisbeths türkisfarbener

Rucksack war nicht da. Ich fand ihn auch weder im Wohnraum noch im Schlafzimmer der Eltern, auch nicht im Abstellschrank. Einfach nirgends.

War sie also abgehauen? Andererseits war ich mir plötzlich nicht sicher, ob sie ihn nicht vielleicht zum Strand mitgenommen hatte. Manchmal hatte sie ihn dabei, manchmal nicht. Ich konnte mich einfach nicht genau erinnern, wie es heute gewesen war.

Als Nächstes rief ich bei ihr an, obwohl schon meine Mutter festgestellt hatte, dass ihr Telefon ausgeschaltet war. Das war für Lisbeth nicht ungewöhnlich. Sie schaltete es oft aus. Um Energie zu sparen. Ich hatte sie immer ausgelacht deswegen. Jetzt tat es mir leid. Als wäre sie schon tot, dachte ich bedrückt und schrieb ihr eine SMS.

Bitte melde dich. Schnell.

Ich rannte weiter im Bungalow herum und fühlte mich immer schlechter. Möglichkeit vier hatte sich in meinem Hirn festgefressen. Es war ja die schlimmste Variante, und sie bedeutete, dass auch ich schuld war.

Klar war ich schuld. Ich war ja am Anfang so gemein zu ihr gewesen. Aber die letzten Tage nicht mehr! Und vielleicht war ja auch gar nicht ich schuld, sondern Jean-Luc und diese Valérie Didier. Liebeskummer eben. Doch musste man sich deswegen gleich in den Atlantik stürzen? Hätte sie dieser Valérie Didier nicht eine Stinkbombe ins Auto legen können? Oder Jean-Lucs Surfbrett ansägen?

Und wenn sie nicht mehr mit uns Urlaub hätte machen wollen, überlegte ich, hätte sie bloß mit uns reden brauchen. Deswegen ging man doch nicht ins Meer, um zu ertrinken! Meine Eltern hätten sie sofort nach Hause gefahren. Wir hätten danach ohne sie noch prima eine Woche an die Adria fahren können; meine Mutter hätte ihren Hexenschuss auskurieren und schicke italienische Bikinis kaufen können.

Während ich mich so in Gedanken abwechselnd sorgte, wieder beruhigte und im Bungalow umherrannte, bemerkte ich, dass die Tür des Küchenschranks, hinter dem sich der Abfalleimer befand, einen Spaltbreit offen stand.

Ich erinnerte mich jedoch genau daran, wie Lisbeth mittags den Müll weggebracht hatte. Sie hatte eine zerknüllte Safttüte aufgehoben, die ihr aus dem übervollen Beutel gefallen war, und zurück in den Sack gestopft. Und dann hatte sie der Schranktür einen kleinen Schubs mit dem Fuß gegeben, damit sie ganz zuging. An den Tritt erinnerte ich mich genau. Warum war die Tür dann jetzt offen?

Ein zusammengefaltetes Stück Papier fiel mir vor die Füße, als ich die Tür ganz aufzog.

Lisbeth schrieb immer mit Füller. Niemand in unserer Klasse benutzte noch freiwillig dieses Schreibwerkzeug. Alle schrieben mit Tintenrollern, Kulis, Finelinern oder am besten gleich mit dem Computer.

Lisbeth dagegen hatte vier Füller, die sie mit verschiedenfarbigen Patronen bestückte. In ihr Notizbuch schrieb sie meist mit Lila. Dieses Blatt hier aber war mit türkisfarbener

Tinte beschrieben, was sowieso ihre Lieblingsfarbe zu sein schien. Sie hatte eine Menge türkisfarbener Kleidungsstücke, wenn man von ihrer rosa Fusseljacke absah. Ach ja, die Jacke! Die war auch weg, genau wie ihre Turnschuhe, ihre Jeans – die engen – und das hellblaue T-Shirt, das sie heute früh getragen hatte.

Der zusammengefaltete Zettel war aus ihrem Büchlein herausgerissen und über und über voll mit türkisfarbenen Notizen. Das Zentrum des Blattes bildete eine Zeichnung des Bunkers, von dem einige Pfeile ausgingen. Andere Pfeile deuteten auf ihn hin. Ich konnte ein paar Bunkernummern entziffern und auch die Namen von der kopierten Liste der O. T.-Mitarbeiter.

Ich legte den Zettel auf den Tisch und strich ihn glatt. Eigentlich hatte ich auf etwas anderes gehofft, nämlich auf einen Hinweis auf Jean-Luc und seine Valérie Didier. Oder vielleicht sogar auf einen Brief an mich.

Ich ging noch einmal in unser Zimmer, durchsuchte ihre Wäsche, ihre Socken und die Nachttischschublade. Nichts, was auf Jean-Luc hinwies, auf seine Freundin oder gar auf mich.

Der Schlüsselanhänger in Form eines Seesterns, den Jean-Luc ihr geschenkt hatte, lag neben einem Buch. Ich drehte und wendete ihn in den Fingern, warf einen letzten Blick unters Bett und legte den Stern wieder hin. Lisbeth hatte sich so über den Stern gefreut! Warum hatte sie ihn nicht mitgenommen oder weggeworfen, wenn sie so enttäuscht war von Jean-Luc? In Filmen warfen enttäuschte Frauen den Verlobungsring immer fort, am besten ins Klo oder ins Meer. Enttäuschte Frauen zerrissen auch immer Briefe oder Tagebücher.

Lisbeth hatte nichts dergleichen getan. Was auch immer passiert sein mochte, mit Jean-Luc hatte es wohl eher nichts zu tun.

Ich kehrte zurück in unseren Wohnraum, setzte mich an den Tisch und nahm mir den Zettel vor. Er war nicht gerade einfach zu lesen, denn Lisbeths Schrift war sehr klein.

Da war der Bunker mit seinen Pfeilen und da standen die Namen der Liste. Aber ich entdeckte auch noch andere Namen. Zum Beispiel stand da, ganz winzig hingequetscht, unter einem der Pfeile:

Marc Schöneberg, (36088) Hünfeld, Marjorie Cotin, München, Dr. Silvia Unstetten, München

Aha. Nicks Vater also und sein Wohnort. Dann Marjorie. Cotin hieß sie anscheinend. Aber lebte sie in München? Und wer war Dr. Silvia Unstetten?

Weil ich keine Antwort wusste, las ich weiter. Zwischen den anderen Pfeilen stand etwas größer:

Merde-Nachbarn????? GOLD???? CIA?? SWR?? (= Sluschba wneschnei raswedki = *Geheimdienst für Wirtschaftsspionage oder so*)

Unsere Nachbarn! Beim Geheimdienst?

Ich stand auf und stopfte den Zettel in meine Tasche. War

Lisbeth vielleicht den beiden auf der Spur? Aber die waren doch noch immer am Strand – oder sie waren zumindest dort gewesen, als wir dort waren. Oder hatte Lisbeth irgendwas, das die beiden betraf, entdeckt? Und hatte man sie dabei erwischt und hielt sie nun irgendwo gefangen?

Ich ging hinaus. Auf der Terrasse war es schwülwarm, trotz der schweren Wolken am Himmel. Es war ziemlich still, kein Kindergeschrei vom Pool war zu hören.

Vorsichtig äugte ich um die Trennmauer auf die Nachbarterrasse. Die Türen und Fenster waren verschlossen, der Wäscheständer leer, auch sonst war alles ziemlich aufgeräumt. Die beiden waren also noch unterwegs.

Vielleicht fand ich in ihrer Wohnung einen Hinweis! Vorsichtig schlich ich über die Terrasse zur Tür und versuchte, sie aufzuschieben. Doch sie war abgesperrt.

Ich überlegte kurz, dann schlich ich wieder auf unsere Terrasse, schob unseren Tisch an die Wand, stellte einen Stuhl darauf und stieg aufs Dach. Das Oberlicht unserer Nachbarn mit der weißen Plexiglashaube war mit ein paar windigen Schrauben an der Dachpappe befestigt. Man konnte sie leicht herausziehen. Im Nu hatte ich die Haube beiseitegeschoben und ließ mich hinab ins Bad. Zum ersten Mal wurde mir so richtig bewusst, dass es auch Vorteile haben konnte, groß zu sein.

Leise, obwohl ich wusste, dass niemand da war, schlich ich vom Bad in den Wohnraum. Unsere Nachbarn hatten ein viel kleineres Appartement als wir, was meine Suche erleichterte. Es gab nicht viel Platz, etwas zu verstecken.

Ich ging zum Couchtisch, auf dem eine lederne rote Brieftasche und ein Stapel Papiere lagen. In der Brieftasche steckten zwei Kontokarten, eine auf den Namen Irina Solotowa, die andere auf den Namen Percy Lee Silverman. Ich musste lachen. Sie war also Russin, sein Name klang amerikanisch. In den anderen Fächern befanden sich ein paar Euroscheine, Kassenbons und ein Fahrplan für die Fähre. Dann blätterte ich den Papierstapel durch. Die Buchungsunterlagen für die Ferienanlage, ein Flyer für ein Vogelschutzgebiet, Werbung für ein Weingut und ganz darunter das Buch: *Blue Summer*. Ich schlug es kurz auf. Die Schrift war relativ groß, kleine Bildchen zierten den Anfang jedes Kapitels. Warum las eine erwachsene Frau ein Kinderbuch? Ich zögerte kurz und dann steckte ich das Buch in meine Jackentasche.

Schließlich durchsuchte ich den Nachttisch. Nichts. Im Schrank befand sich ausschließlich Spitzenunterwäsche, die ich unter anderen Umständen vielleicht etwas genauer inspiziert hätte. Aber wo war die Karte von den Bunkern, die wir neulich ausgebreitet auf dem Tisch gesehen hatten? Warum fand ich nicht den kleinsten Hinweis darauf, was sie hier suchten?

Zum Schluss war die Küche dran. Auch hier: nichts. Ich kehrte ins Bad zurück. Im Schrank unter dem Waschbecken fand ich Parfümflacons, Rasierwasser, Puderdöschen, Mullbinden und eine braune Flasche mit Jod. Dahinter lag ein merkwürdiger kleiner Plastikbeutel. Ich zog ihn hervor und las die Aufschrift. *Kaliumnitrat!*

Ich zog mein Smartphone aus der Tasche, um nachzusehen, was Kaliumnitrat war und wofür man es brauchte, doch da hörte ich ein Geräusch. Ich schob den Beutel zurück in den Schrank und schloss die Tür. Viel zu laut fiel sie zu, und eine Frauenstimme sagte: »Oui, merde …«

Von einem Indianer hätte man gesagt, er sei pfeilschnell nach oben gesprungen, ich sprang einfach nur schnell. Gerade so bekam ich den Rand des Oberlichts zu fassen, stieß mich mit den Füßen am Waschbecken ab, dann noch mal an der Oberkante des Spiegels und versuchte, mich aufs Dach ziehen.

Die scharfe Einfassung des Oberlichts schnitt mir in die Hand, ich schlug mir das Schienbein an der Kante an, einen Moment lang zappelte ich ziemlich, doch dann hatte ich es geschafft.

Was ich nicht mehr schaffte, war, die Haube wieder vor die Öffnung zu schieben. Unten kam der Mann ins Bad. Er sah hoch zu mir und brüllte etwas. Ich ließ die Haube liegen, rannte über das Dach und sprang auf der anderen Seite nach unten.

Monsieur Vitrac

Schnell lief ich über den Parkplatz auf die Hecke zu, schlüpfte hindurch und verließ so das Grundstück unserer Ferienanlage. Ich überquerte die Straße und bog um die nächste Ecke.

Dort blieb ich stehen, um kurz zu verschnaufen.

Ich versuchte, mich ein bisschen zu beruhigen und meine Gedanken zu ordnen. Hatte mich der Mann erkannt? Wenn ja, dann würde er, wenn er nicht beim Geheimdienst war, mit meinen Eltern reden wollen. Jedoch war es denen wohl gerade völlig egal, ob ich nun durchs Oberlicht in ein fremdes Bad eindrang, mir die Haare pink färbte oder vom Dach in den Pool pinkelte und dabei laut sang. Aber was, wenn die beiden wirklich bei diesem Sluschba-sonst-was waren? Mit russischen Geheimagenten war sicher nicht zu spaßen.

Ich wollte mich auf ein schmales Mäuerchen setzen, um besser überlegen zu können. Aber mein Handy in der Hosentasche drückte. Ich schob es weg. Da fiel es mir wieder ein: das drückende Handy! Wenn ich mich nicht täuschte, dann hatte Lisbeth vorhin am Strand ihren Rucksack als Kopfstütze benutzen wollen, aber ihr Handy hatte sie gedrückt. Ich hatte mich noch über ihren außergewöhnlich dicken Rucksack gewundert. Lisbeth hatte ihren Rucksack also mit dabeigehabt und offenbar war er voll bepackt gewesen.

Waren das nicht deutliche Hinweise darauf, dass Lisbeth nichts Kopfloses unternommen hatte, sondern geplant abgehauen war?

In dem Moment läutete mein Handy.

»Ist Lisbeth …?« Meine Mutter flüsterte so leise, dass ich es kaum verstand.

»Nein«, sagte ich.

»Ach, Konrad. Was soll bloß werden?«

»Mama, bestimmt geht es ihr gut.«

»Ach, Konrad! Du bist ein liebes Kind.« Dann legte sie auf.

Eine ganze Weile hockte ich auf dem Mäuerchen. Meine Augen brannten, denn der immer noch starke Wind blies mir ständig Staub ins Gesicht. Inzwischen war es über dem Meer noch finsterer geworden. Ich fühlte mich auf einmal völlig mutlos. Das waren doch alles nur kindische Agentenspielchen, die ich da in meinem Hirn betrieb. Geheimdienst! Gold! Verfolgung! So ein Unsinn! Lisbeth war auch nicht abgehauen mit Plan im Kopf und heimlich deponiertem Rucksack. So war die Wirklichkeit nicht. Lisbeth war etwas passiert. Und so, wie die Dinge standen, etwas Schlimmes.

Aus den Wolken vernahm ich ein dumpfes Grollen und anstelle von Regen aus den Wolken tropften aus meinen Augen Tränen auf den Zettel. Die Tinte verlief, ich wischte über das Papier. Was stand da? *Liste B*? Und ein Pfeil? Ich hatte seit über einem Jahr nicht geheult. Warum war ich bisher nicht auf die Idee gekommen, das Blatt mal umzudrehen?

Ich wendete es. Lisbeth hatte hingeschrieben:

Zwergenleiter? Was??? Wieso in O. T.?

Schon wieder diese dämliche *Zwergenleiter*. Auf *Zwergenleiter* folgten Namen:

Frank Malleville, Paul Rotrou, Nicolas Quinault, Louis-Philippe Crébillon, Casimir Labrun, Alfred Duranti, Gérard Vitrac ...

Ich stockte. Das war er doch. Gérard Vitrac, der alte Mann aus dem blauen Haus, zu dem in meinem Traum eine winzige Leiter hinaufgeführt hatte. Eine Zwergenleiter!

Und plötzlich wusste ich, was das Wort *Zwergenleiter* wirklich hieß: Zwangsarbeiter! Hatte Lisbeth nicht gesagt, die Bunker hätten französische Zwangsarbeiter bauen müssen? Gérard Vitrac war so ein Zwangsarbeiter gewesen! Mein Traum hatte mir einen Hinweis gegeben!

Das fand ich so fabelhaft, dass ich sofort aufstand. Voller Tatendrang sah ich mich um. Gérard Vitrac, der Bunker, Zwangsarbeiter, das blaue Haus, *Les Sables*, die tote Frau. Das hing alles zusammen. Bloß wie?

Ich holte mein Smartphone aus der Tasche, um es noch einmal bei Lisbeth zu probieren, öffnete aus Versehen aber die Suchmaschine und las das Wort, das ich vorhin im Bad der Merde-Nachbarn eingegeben hatte: *Kaliumnitrat*.

Ich drückte auf *Suchen* und ein paar Sekunden später hatte

ich die Ergebnisse: Kaliumnitrat war Nitritpökelsalz oder Kalisalpeter, kurz KNO_3. Außer um Fleisch haltbar zu machen, konnte man es verwenden, um damit Sprengstoff herzustellen. Ich atmete tief ein. Wollten unsere Merde-Nachbarn damit den Bunker sprengen?

Hastig wählte ich Lisbeths Nummer, doch wieder war ihr Smartphone abgeschaltet. Was sollte ich tun?

Da sah ich eine Zeitung, die im Gartenzaun steckte. Sie wäre mir wahrscheinlich sonst nicht aufgefallen, aber ihr Titelblatt zeigte das hässliche, verlassene Betonhaus *Les Sables*.

Ich faltete sie auf. Auch wenn ich kaum Französisch konnte, verstand ich sofort, worum es ging: um die tote Frau, die vor einem Monat am Bunker ertrunken war. Man habe ihren Schlafsack und persönliche Gegenstände in einer Wohnung im vierten Stock von *Les Sables* gefunden. Die Tote sei jetzt identifiziert und es handle sich um eine 44-jährige Deutsche.

Ich versuchte, noch mehr Informationen aus dem Text zu holen, doch mein Französisch reichte dafür nicht aus. Also riss ich den Artikel aus und steckte ihn in meine Hosentasche.

Wann war der Schlafplatz der Toten entdeckt worden? Hatte jemand die Polizei darauf aufmerksam gemacht? Womöglich die Joggerin?

Ich sah mich um. Noch immer hatte ich keinen Plan. In meinem Kopf schwirrten Listen, Namen und andere Informationen herum und natürlich immer wieder die Frage: Was ist mit Lisbeth?

Kurz dachte ich daran, zum Strand zurückzukehren. Doch

mir graute vor den verzweifelten Gesichtern meiner Eltern. Mir graute vor der Suchaktion, vor den Tränen und der Angst.

Aber was sollte ich tun? Was wusste ich eigentlich?

Ich wusste, dass Gérard Vitrac 1944 Zwangsarbeiter bei der O. T. war. Ich wusste, dass er lange in *Les Sables* gelebt hatte und seit dessen Räumung im blauen Haus wohnte. Wahrscheinlich zur Miete, wie auch die Joggerin. Die Joggerin hatte einen französischen Namen – Marjorie Cotin –, sprach aber Deutsch und lebte möglicherweise in München. Auch Dr. Silvia Unstetten, wer auch immer das war, lebte in München, genau wie ich.

Dann gab es noch diese Liste von deutschen O. T.-Mitarbeitern mit den Namen Franz Rübenbrück, Josef Sattler, Anton Cziebilsky, Georg Trost, Hans-Otto Grabelt und Albert Sterzing, hinter dessen Namen jemand ein Fragezeichen gemalt hatte.

Schließlich gab es noch Marc Schöneberg aus Hünfeld bei Fulda, die Russin Irina Solotowa und den Amerikaner Percy Lee Silverman, der natürlich auch Engländer, Australier oder Neuseeländer sein konnte, genau wie Irina Solotowa aus Weißrussland, der Ukraine, aus Litauen, Estland oder Lettland sowie aus Kasachstan, Usbekistan oder Georgien stammen konnte.

Irina Solotowa und Percy Lee Silverman waren ausgerüstet mit Taucheranzug, Sauerstoffgerät, Metalldetektor und Karten, Marc war ausgerüstet mit Notizbuch, Sonnenbrille, geheimem Hund und schwarzem Auto.

Alle schienen etwas zu suchen. Bloß was? Das Ganze schien

mir wie ein kompliziertes Puzzle, bei dem auch noch die wichtigsten Teile fehlten.

Immer noch hingen über dem Meer diese pechschwarzen Wolken. Das Gewitter war entweder zu schwach oder zu unentschieden. Eine Bö blies mir Staub ins Gesicht. Ich wandte mich ab und blickte landeinwärts.

Wie ich die Sache drehte und wendete, das Zentrum der ganzen Angelegenheit blieb der alte Mann. Er hatte damals gelebt. Er war Zwangsarbeiter gewesen. Er hatte über 30 Jahre lang den Bunker jeden Tag von seiner Wohnung aus gesehen. Er war der Einzige, der wirklich etwas wissen konnte.

Ich trat auf die Straße hinaus und machte mich auf den Weg zum blauen Haus.

Ein Blitz zuckte über dem Meer. Etwa zehn Sekunden darauf ertönte der Donner. Drei Kilometer weg war das Gewitter. Ich dachte an Lisbeth. Was, wenn sie noch im Wasser war? Aber sie war ja nicht doof. Sie war selbstverständlich nicht im Wasser. Sie war woanders. Vielleicht ja hier im blauen Haus? Doch wozu dann dieser dramatische Abgang? Wozu musste man alle Leute in Angst und Schrecken versetzen, nur um ins blaue Haus zu gehen?

Ich stand am Zaun und sah am Haus hoch. Obwohl ich es besser wusste, wirkte es nach wie vor unbewohnt. Sollte ich diesmal klingeln?

Fest entschlossen ging ich auf die Haustür zu. Ganz ehrlich, ich wollte läuten und nicht wieder heimlich hineinschleichen, aber ich zögerte. Das brachte doch nichts! Der

Alte würde öffnen, dann würde er mich sehen und irgendetwas auf Französisch sagen. Ich würde nichts verstehen. Er würde mich nicht verstehen. Er würde mich davonjagen.

Und wenn die Joggerin öffnete? Sie konnte immerhin Deutsch. Vielleicht konnte sie mir helfen und übersetzen. Doch die Joggerin wollte ich auf keinen Fall fragen. Ich musste es anders herausfinden.

Auch heute war die Hintertür offen, auch heute knarrten die gleichen Dielenbretter. Ich schlich zur Wohnzimmertür, die wie vor vier Tagen nur angelehnt war, und ich spähte hindurch. Der alte Mann saß wie vor vier Tagen in seinem Lehnstuhl. Sein Bein lehnte an dem Sessel, da, wo es auch vor vier Tagen gelehnt hatte. Ich hörte ein leises Schnarchen.

Alte Leute, dachte ich, obwohl ich gar nicht viele alte Leute kannte, heben ihre Erinnerungen oft im Schlafzimmer auf. Also kehrte ich leise um und schlich ins Obergeschoss. Dort gab es drei Türen. Ich wählte kurz entschlossen die linke Tür und drückte vorsichtig die Klinke.

Im Schlafzimmer des alten Mannes stand ein breites Bett mit einer grünseidenen Tagesdecke. Es füllte fast den ganzen Raum. Im Eck gab es noch einen dunklen Kleiderschrank und rechts neben dem Bett einen Nachttisch mit einer geblümten Nachttischlampe.

Ich zog die oberste Nachttischschublade auf. Sie war leer bis auf einen Streifen Tabletten. Ich schloss sie wieder.

Der Schrank war zur Hälfte gefüllt mit alter Tisch- und Bettwäsche. In der anderen Hälfte hingen Hemden und Hosen. In zwei Schubladen fand ich grau verwaschene Männerunterhosen und löchrige Socken. Dieser Mann bewahrte seine Erinnerungen also nicht im Schlafzimmer auf.

Ich schlich wieder in den kleinen Flur. Wahrscheinlich gehört das andere Zimmer Marjorie, überlegte ich. Die musste ja schließlich auch irgendwo wohnen. Wo war die eigentlich? Am Strand hatte ich sie nicht gesehen; und auch sonst nirgends. War sie vielleicht hier?

Sehr, sehr, sehr vorsichtig öffnete ich die Tür.

Marjorie war nicht da. Ihr Zimmer war nicht besonders aufgeräumt. Vor einer Kommode standen jede Menge Laufschuhe, bestimmt fünf Paar, an einem Kleiderhaken hingen T-Shirts und Shorts und über den ganzen Boden lagen schmutzige, verknüllte Socken verteilt.

Ich machte zwei vorsichtige Schritte in den Raum. Durch die Fensterläden fiel nur dämmriges Licht. Draußen donnerte es, dann hörte ich den Regen herunterprasseln.

Auch über Marjories Bett lag eine Tagesdecke, darauf ein Zettel. Ich ging hin.

Aha! Formblätter der französischen Polizei! Ich versuchte, sie zu lesen, kapierte jedoch nicht viel. Marjorie musste jedenfalls vor zwei Tagen eine Aussage als Zeugin gemacht haben. Ich suchte nach verständlichen Wörtern. Hier stand *Madame Cotin* und dort *Les Sables* und *identifiée*. Es ging also um das verfallene Haus und etwas Identifiziertes. Genau das hatte ich gehofft.

Ich las weiter. Da ... *L'appartement de ... Monsieur Vitrac ...* und dann ... *Dr. Silvia Unstetten.*

Ich atmete tief aus und ließ die Blätter sinken. War die Tote also Dr. Silvia Unstetten? Ich überprüfte das Formular auf weitere Namen. Keiner. Dr. Silvia Unstetten musste die Tote sein.

Aber was hatte die Ärztin Dr. Silvia Unstetten im ehemaligen Appartement von Monsieur Vitrac gesucht? Und warum war sie am Bunker ertrunken?

Um wenigstens irgendetwas über sie zu erfahren, tippte ich ihren Namen in die Suchmaschine. Es gab nicht viele Leute mit diesem Namen. Und Silvia Unstetten – das stellte sich schnell heraus – war keine Ärztin! Sie war Historikerin und forschte auf dem Gebiet der NS-Zwangsarbeiter, speziell der Zwangsarbeiter bei O. T. Sie hatte mehrere Artikel darüber veröffentlicht.

Hatte sie deswegen im Appartement von Gérard Vitrac nach etwas gesucht? Aber warum reiste sie heimlich nach Frankreich? Als 44-jährige Forscherin schlief man doch nicht mehr mit Schlafsack in Abbruchhäusern!

Irgendwie verstand ich das alles nicht und irgendwie war ich auch ein wenig enttäuscht. Ich hatte erwartet, die Tote wäre etwas Fantastischerem auf der Spur, einem riesigen Goldschatz oder wenigstens einem Geheimgang, der von diesem bis zu Hitlers Bunker nach Berlin führte. Tatsächlich schien es dieser Dr. Silvia Unstetten nur um langweilige Zwangsarbeiter gegangen zu sein.

In diesem Augenblick bekam ich eine SMS.

Lisbeth!

Meine Finger waren so schwitzig, dass sie fast auf dem Display wegrutschten.

Mir geht es gut. Mach dir keine Sorgen!

Eine SMS von Lisbeth! Ich war erleichtert, aber auch ein bisschen sauer und schrieb zurück:

Du dumme Kuh. Hier suchen dich die Wasserwacht und die Polizei! Papa kriegt gleich einen Herzinfarkt.

Darauf folgte ein kurzer SMS-Wechsel

L: *Wieso dein Vater??? Ich dachte, er kann mich nicht leiden.*
K:  *Wo steckst du?*
L: *Sag ich nicht.*
K: *Blöde Ziege.*
L: *Beschimpf mich ruhig. Aber mir ist was eingefallen. Dafür brauch ich den Beweis.*
K: *Und das ging jetzt nicht anders?*
L: *Nee. Aber du kannst ja deinen Eltern mal Entwarnung geben.*
K: *Mach das doch selbst.*
L: *Nein. Mach du's. Ich schalt jetzt wieder ab.*

Flupp. Weg war sie. Diese dumme Kuh. Gerade wollte ich meine Mutter anrufen, als ich auf der Treppe Schritte hörte. Sie klangen flott und energisch. Die Joggerin! Marjorie Cotin!

Aber zum Glück gab es wie in jedem ordentlichen Film einen Kleiderschrank. Ich riss die Tür auf und sprang blitzschnell in den großen, weiß gestrichenen Kasten.

Dann betrat auch schon die Joggerin das Zimmer. Ich spähte durch den Türspalt. Sie ließ sich aufs Bett plumpsen und nahm ihr Smartphone. Kurz darauf sagte sie: »Hallo, Madame. Hier ist Marjorie.«

Ich stand schief in diesem Schrank, der sehr tief war. Die Bodenbretter waren wacklig und drohten bei jeder Bewegung zu knarren. Ich musste mich an den aufgehängten Kleidern festhalten, um nicht umzukippen oder Lärm zu machen. Marjorie sprach weiter Deutsch.

»Wir haben uns bei der Eröffnung kennengelernt, Sie …«

Wieder entstand eine Pause. Marjories Gesichtsausdruck hatte sich verändert. Sie wirkte nun verwirrt.

»Äh … Entschuldigung, dass ich störe. Ich wollte nur … wegen der Bekannten Ihrer Schwester … Was ist denn los? Geht es Ihnen nicht gut?« Sie brach ab. Kurz darauf legte sie das Telefon beiseite und murmelte kopfschüttelnd etwas auf Französisch.

Dann nahm sie die Unterlagen von der Polizei, stand auf und steckte sie in ihre Handtasche. Schließlich begann sie zu packen.

Ich verharrte regungslos.

Wollte sie abreisen? Dann würde sie wahrscheinlich gleich den Schrank öffnen. Vorsichtshalber machte ich einen Schritt rückwärts, um mich besser hinter den Kleidern verbergen zu können, doch plötzlich brach ein Brett durch, ich fand keinen Halt mehr, weil das Kleid, an dem ich mich festhielt, vom Bügel rutschte. Ich stürzte – was mich in einem Kleiderschrank doch sehr wunderte – regelrecht in die Tiefe!

Ich schnappte hilflos nach Luft, als ich nach einem Sturz aus etwa zwei, drei Metern Höhe relativ weich gelandet war.

Es war dunkel. Das Material, das mich aufgefangen hatte, fühlte sich an wie Schaumstoff. Ich blickte hoch. Alles um mich herum war schwarz. Es war ziemlich still, die Luft staubig, es roch immer noch nach Kleiderschrank. Dumpf vernahm ich das Grollen des Gewitters. Mein Sturz war wohl mit diesem Donnern zusammengefallen, weshalb Marjorie Cotin nichts von meiner Anwesenheit mitbekommen hatte.

Ich blinzelte. So langsam konnte ich etwas mehr erkennen als nur Schwärze. Außerdem sah ich in einem halben Meter Entfernung einen hellen, schmalen Spalt. Ich tastete danach und stieß auf Holz. Es schien eine Tür zu sein, denn wenn ich leicht dagegendrückte, wurde der Spalt breiter.

Dann hörte ich eine männliche Stimme. Sie kam mir bekannt vor. Es war jedoch nicht die des alten Mannes. Vorsichtig lehnte ich mich vor, um durch den Spalt zu spähen.

Der kleine Raum, in dem ich mich befand, war dem Schrank oben in Marjories Zimmer ganz ähnlich; nur war dieser Schrank unten im Wohnzimmer. Durch den Spalt sah ich den Alten, der immer noch in seinem Sessel saß. Ich sah ihn das erste Mal von vorne und aus der Nähe. Ja, das war der Mann vom Zeitungsfoto. Wieder sprach die Stimme, die von weiter hinten im Raum zu kommen schien. Der Alte antwortete.

Plötzlich gab mein Handy, das mir beim Sturz aus der Tasche gefallen sein musste, von irgendwo her einen üblen Ton von sich. Ich kannte dieses Geräusch und ich hasste es. Es klang so: *dilelü!* In den Tönen tiefer werdend, jammrig, lallend. Es bedeutete: *Hilfe, ich brauch Strom!*

Ich fluchte innerlich. Hoffentlich hatte das niemand gehört! Und außerdem hatte ich jetzt keine Verbindung zur Außenwelt mehr. Dabei wäre es höchste Zeit gewesen, meinen armen Eltern mitzuteilen, dass es Lisbeth gut ging. Ich tastete herum. Wo war es bloß hingerutscht? Aber ich fand nur das Buch, das ich aus der Wohnung mitgenommen hatte. Es war ja auch nicht so klein und glatt wie das Handy. Ich wälzte mich herum, steckte das Buch wieder in meine Jackentasche und suchte weiter nach meinem Smartphone. Es konnte überall sein, denn mir war inzwischen klar geworden, dass ich auf einer in den Schrank gequetschten Schaumstoffmatratze mit armlangen Ritzen und Falten gelandet war.

Immer noch unterhielten sich die zwei Männer draußen. Die jüngere Stimme, die ich von irgendwo her kannte, aber nicht einordnen konnte, sagte viel, die alte wenig.

Wieder lugte ich durch den Spalt. Der Alte hockte nach wie vor in seinem Sessel, sein Gesicht war ledrig und eingefallen, seine Augen matt, fast milchig. Seine Hände ruhten steif auf den Armlehnen. Nur hin und wieder hob er den Zeigefinger der rechten Hand leicht an. Er war knorrig.

Der jüngere Mann war nicht zu sehen. Ich hörte ihn nur im Hintergrund auf und ab gehen. Ich schob die Schranktür weiter auf. Der Spalt wurde breiter. Dabei bemerkte ich, dass das Schloss alt und locker war. Der Riegel ließ sich wahrscheinlich leicht zurückschieben. Trotzdem wagte ich nicht, den Spalt noch mehr zu vergrößern.

Der jüngere Mann hielt sich weiter im hinteren Teil des Zimmers auf und rückte irgendwelche Gegenstände hin und her. Dazwischen sagte er etwas, manchmal antwortete der Alte. Schließlich deutete er auf das Fenster. Draußen hatte der Regen nachgelassen.

»Oui, oui«, sagte der junge Mann.

Kurz darauf verabschiedete er sich. Ich hörte ihn den Flur entlanggehen und das Haus durch die Hintertür verlassen.

Der Alte murmelte etwas, dann seufzte er und schloss die Augen. Sein Gesicht wirkte noch eingefallener, sein Atem ging leicht röchelnd. Wie es wohl war, so alt zu sein?

Eine Weile saß er bewegungslos da, dann drang ein leises Schnarchen aus seiner Nase.

Jetzt oder nie!, dachte ich und drückte entschlossen die Tür auf. Das Schloss ächzte ein bisschen, ich kletterte aus dem Schrank und rannte direkt an dem alten Mann vorbei durch das Wohnzimmer.

»Marjorie!«, rief der Alte wieder, doch diesmal stolperte ich nicht über seine Prothese und hastete durch den Flur.

»Monsieur Vitrac?«, kam es von oben.

Ich hörte Schritte in der oberen Etage. Doch ich hatte längst die Hintertür erreicht, sprang die Stufen hinab und rannte durch den Garten auf das kleine Gartentor zu, das halb offen stand.

Gerade als ich durch das Tor hindurchrennen wollte, bemerkte ich zwei Dinge fast genau gleichzeitig: den Schubkarren und Jean-Luc.

Der Schubkarren stand im Garten links neben dem Zaun und Jean-Luc bog ein Stück vor mir um die nächste Straßenecke.

Beinahe wäre ich vor Verblüffung über die kleine Schwelle zwischen Garten und Bürgersteig gestolpert. Die Stimme des jungen Mannes hatte also Jean-Luc gehört. Aber warum war der Schubkarren wieder hier?

So schnell ich konnte, lief ich nach Hause.

Auf dem Parkplatz der Ferienanlage stand der Krankenwagen.

So, dachte ich. Da ist er, der Herzinfarkt.

Ich stürmte quer über den Platz in unser Appartement.

Zwei Polizisten standen herum. Ein Sanitäter war mit meiner Mutter beschäftigt. Mein Vater saß mit aschgrauem Gesicht auf dem Sofa.

»Konrad!«, rief er und sprang auf, als er mich sah. Er packte mich am Kragen und schüttelte mich. »Was fällt dir eigentlich ein?«

»Lisbeth ...«, rief ich und wollte endlich sagen, dass sie mir eine SMS geschrieben hatte.

Aber mein Vater ließ mich nicht ausreden. »Hast du in deinem pubertären Hirn überhaupt einen Funken Verstand? Wie konntest du einfach hier verschwinden? Sieh dir Anja an!«

»W...was ist denn m...mit ihr?«

»Jetzt kann sie gar nicht mehr gehen. Rücken kaputt! Bandscheibe! Oder was weiß ich!« Er brüllte ganz fürchterlich.

»Christian!«, kam es von meiner Mutter. »Lass doch den Jungen. Er kann doch nichts dafür.«

Mein Vater ließ von mir ab.

»Lisbeth ist …«, setzte ich erneut an

»Ja, toll! Lisbeth. Natürlich Lisbeth. Dass du mit deinem hormonverseuchten Kopf auch mal an andere denkst!«, fuhr mich mein Vater an. »Du kannst doch nicht abhauen, wenn wir hier vor Sorge um Lisbeth fast vergehen!«

»Jetzt hör doch mal zu! Lisbeth ist da.«

»Was? Wo?«

»Na ja, sie ist nicht wirklich da …«

»Das ist jetzt nicht der Zeitpunkt für dumme Späßchen.«

»Sie ist ja auch nicht hier. Aber sie ist woanders.«

»Wie? Wo? Natürlich ist sie woanders. Das ist jedem hier im Raum klar.«

»Ich … ich … wollt ja nur sagen, dass … sie lebt. Also … vor einer Stunde oder so, da haben wir uns SMS geschrieben.« Ich holte Luft, verwundert darüber, dass ich zwei Sätze zu Ende sprechen konnte, ohne unterbrochen zu werden.

»Du hast mit ihr … was?« Mein Vater packte mich schon wieder. »Und warum hast du nicht sofort Bescheid gesagt? Findest du das lustig?«

»Ich konnte ja nicht, weil …«

Mein Vater packte jetzt noch fester zu. »Also, wenn ihr zwei euch das ausgedacht habt, um uns zu ärgern, dann war das mein letzter Urlaub mit dir. Und Lisbeth … die nehm ich sowieso nicht mehr mit.«

Wie durch ein Wunder konnte meine Mutter plötzlich sitzen. Ihr Gesicht war schmerzverzerrt, aber sie lächelte. Sie lächelte ihr schönstes und glücklichstes Lächeln, das sie je gelächelt hatte. »Lisbeth«, flüsterte sie.

»Konrad!«, drohte mein Vater. »Was habt ihr ...?«

»Ich kann da nichts dafür!«, rief ich. Mein Vater roch nach Schweiß. Angstschweiß wahrscheinlich. Aber ich war froh, dass er keinen Herzinfarkt hatte. Ich holte Luft. Hoffentlich durfte ich ausreden. Hastig sagte ich: »Lisbeth ist abgehauen. Sie will irgendwelche Beweise suchen.«

Endlich ließ mich mein Vater los. »Hä?«

Er sah sich im Raum um. Jetzt fiel ihm anscheinend ein, dass er auch endlich einmal die Polizisten über Lisbeths Wiederauftauchen informieren könnte, wandte sich an die Beamten und erklärte irgendetwas. Die verstanden nicht gleich. Mein Vater erklärte wieder. Sie nickten und fragten dann: »Mais où est Lisbeth?«

Mein Vater wandte sich zu mir. »Konrad, wo ist sie?«

»Ich weiß nicht ... Je ne sais pas«, sagte ich so freundlich wie möglich zu meinem Vater und zu den Polizisten.

»Aber sie ist wohlauf, nicht wahr, Konrad? Hat sie denn nichts dazu geschrieben, wo sie ist oder wo sie hinwill?«, bohrte mein Vater.

»Nein, nein, ich weiß nur, dass es ihr gut geht. Elle est bon. Bon. Bon«, versuchte ich es auf Französisch.

Die Polizisten sagten etwas.

»Dein Handy«, raunzte mich mein Vater an. »Sie wollen dein Handy.«

»Ich hab es nicht.«

Mein Vater übersetzte, die Polizisten wollten wissen, wo es sei.

Ich zögerte. Von meinem Einbruch ins blaue Haus wollte ich nichts erzählen. »Verloren.«

»Verloren, verloren!«, schrie mein Vater. »Du kannst doch kein nigelnagelneues Smartphone verlieren!«

Die Polizisten tuschelten. Dann stellten sie bergeweise Fragen: Wieso ich es verloren hätte. Wann ich es verloren hätte. Wo ich es verloren hätte. Was Lisbeth denn genau geschrieben hätte. So ging das eine Viertelstunde. Ich weiß nicht, ob sie mir glaubten.

Am Ende steckten sie die Köpfe zusammen und berieten sich.

Meine Arme und Beine waren auf einmal ganz schwer. Ich wollte mich gern hinsetzen, traute mich aber nicht, denn ich wollte auf keinen Fall durch eine Bewegung die Aufmerksamkeit der Polizisten in die womöglich falsche Richtung lenken.

Der Arzt war mit meiner Mutter jetzt fertig. Er hatte ihr eine Spritze gegeben. Meine Mutter wirkte ausgesprochen gelassen. Sie lächelte still vor sich hin. Ihr schien meine Aussage vollkommen zu genügen, während die Polizisten immer noch tuschelten und mein Vater immer wieder versuchte, Lisbeth auf dem Smartphone zu erreichen. »Dieses fürchterliche Kind«, schimpfte mein Vater. »Wieso schaltet sie ihr Handy nicht ein?«

Ihr werdet schon sehen!

Der Arzt wünschte einen entspannten Abend und ging. Alle waren gegangen. Man hatte mir und meinen Berichten geglaubt, oder die Polizisten hatten zumindest so getan, weil ihnen nichts anderes übrig geblieben war.

Meine Mutter war eingeschlafen, mein Vater startete verbissen den 117. vergeblichen Anruf bei Lisbeth. Wieder schimpfte er.

»Lass doch. Sie schaltet nicht ein«, versuchte ich ihn zu beruhigen.

»Und wenn Lisbeths SMS an dich ein Trick von einem Entführer war?«

»Wieso von einem Entführer?« Ich wollte von der Entführungstheorie, die auch in meinem Kopf immer noch rumorte, nichts wissen. »Du hast doch immer gedacht, Lisbeth wäre ertrunken …«

»Hab ich nicht!«

»Und wieso bist du dann zur Wasserwacht?«

Mein Vater winkte ab.

»Trink doch ein Glas Rotwein«, schlug ich vor. Das half ihm sonst auch.

Mein Vater knirschte mit den Zähnen. Dann nahm er ein Glas aus dem Küchenschrank und schenkte es sich randvoll ein. »Lass uns auf die Terrasse gehen«, sagte er und warf einen Blick auf meine schlafende Mutter. »Dann können wir uns mal unterhalten.«

Worüber er sich wohl unterhalten wollte? Ich folgte ihm zögernd hinaus. Plötzlich war ich bleiern müde. Mein Vater wischte die nassen Stühle ab und wir setzten uns. Der Himmel war sternenklar.

»Ich weiß jetzt«, erklärte mein Vater nach einer Weile und einem halben Glas Rotwein, »warum es zweimal am Tag Ebbe und Flut gibt.«

Ich schwieg. Er wollte allen Ernstes darüber sprechen?

Aber es schien ihm wichtig zu sein. »Die Erde und der Mond«, erklärte er, »sind ein System, in dem der Mond innerhalb von vier Wochen um die Erde wandert. Die Erde dreht sich in dieser Zeit 28-mal um sich selbst. Vollmond ist dann, wenn der Mond von der Sonne aus gesehen hinter der Erde steht, Neumond ist, wenn er zwischen Sonne und Erde steht.

Systeme aus zwei Körpern, also Erde und Mond, haben einen Massenschwerpunkt, der sich in dem Fall 4000 Kilometer entfernt vom Erdmittelpunkt befindet. Musst du dir so vorstellen wie auf einer Wippe, auf der du und ich sitzen. Der Schwerpunkt unseres Systems wäre näher bei mir.«

»Also der Punkt, an dem die Wippe im Gleichgewicht wäre.«

»Ja, genau. Und dieses Erde-Mond-System dreht sich um diesen Punkt. Dabei entstehen Fliehkräfte. Diese Fliehkraft auf der Außenseite des Systems bewirkt den zweiten Flutberg. Den ersten, das wissen wir ja, bewirkt der Mond.«

»Aha.«

»Hab ich auch erst nicht kapiert«, sagte mein Vater tröstend.

Ich schwieg. So ganz verstand ich es immer noch nicht.

»Und ich weiß jetzt auch, warum die Flut immer ein bisschen verspätet kommt, also nicht, wenn der Mond über uns steht, sondern erst, wenn er am Horizont ist.«

»Ja?« Ich wollte meinen Vater in seiner Begeisterung nicht bremsen.

»Das liegt daran, dass die Flutwelle zu langsam ist. Sie müsste sich mit einer Geschwindigkeit von 2000 km/h bewegen. Aber der Ozean ist zu flach.«

»Zu flach?«

»Ja, wirklich. Du musst ihn dir vorstellen wie ein sehr flaches Becken. Je flacher Wasser ist, desto langsamer kann sich eine Flutwelle vorwärtsbewegen. In einem durchschnittlich 5000 Meter tiefen Meer hat sie nur eine Geschwindigkeit von 800 km/h. Der Mond läuft also vor dem Flutberg her.«

»So was hab ich mir schon gedacht«, sagte ich und lachte.

»Und bei der Springflut kommt dann auch noch die Sonne dazu!« Seine Stimme klang immer stolzer. Er hatte schon oft von seinem Mathe-Physik-Trauma in der Schulzeit erzählt. »Vor vier Tagen war Springflut. Springflut gibt es nur bei Voll- und Neumond. Da ziehen Sonne und Mond gemeinsam am Wasser.« Er holte Luft. Durch seinen Stolz hindurch spürte ich immer noch die Panik. Für ihn war die Sache mit Lisbeth keinesfalls geklärt. Trotzdem war es besser, über den Mond zu sprechen.

»Ist das dann wieder so ein System? Mit Fliehkraft?«, wollte ich wissen.

»Äh … ja. Ich glaube.«

Ich hatte die Grenzen seines Wissens erreicht und stellte keine weiteren Fragen.

»Ich hab mir wirklich Sorgen um Lisbeth gemacht«, sagte mein Vater schließlich leise, »denn heute Mittag bin ich ziemlich mit ihr aneinandergeraten. Weil sie in Anjas Sachen herumgesucht und die Skizzenbücher rausgeholt hat. Du weißt doch, dass Anja die auch immer als Tagebuch benutzt. Da war ich ziemlich wütend. Hab ihr gesagt, sie solle sich nicht erlauben, in Anjas Privatangelegenheiten herumzuschnüffeln, und sie solle sich außerdem nicht einbilden, sie bekäme hier irgendeine Sonderbehandlung, bloß weil ihre Mutter gestorben sei. Na ja, so Sachen halt.«

»Und was hat sie gesagt?«, fragte ich.

»Sie meinte nur: ›Mama sagte immer, wir seien eine Familie voller Ignoranten. Ich wollte das nicht glauben, aber jetzt weiß ich, dass es stimmt.‹ Das sagte sie, und dann fügte sie hinzu: ›Aber ihr werdet schon sehen.‹« Mein Vater schenkte sich nach.

»Was würden wir schon sehen?«, fragte ich.

»Keine Ahnung. Aber richtig ernst habe ich es nicht genommen. Mir ist nur die Bemerkung im Kopf geblieben. Warum, weiß ich nicht. Aber Anja sagt ja immer, Lisbeth habe den Tod ihrer Mutter nicht wirklich verkraftet …« Er zuckte mit den Schultern.

»Nicht verkraftet? So wirkt sie gar nicht«, wandte ich ein.

»Nein, sie wirkt nicht so. Eigentlich wirkt sie nur wie eine ... miese kleine, besserwisserische Nervensäge.« Mein Vater schnaufte. »Das hat sie von Simone. Die war auch so. Eine grauenhafte Nervensäge. Jedes Thema war ihr recht. Politik, Gesellschaft, Geschichte. Sie war ja Geschichtslehrerin. Mann, Mann, Mann, wenn die mal loslegte! Ihr Lieblingsthema waren die Nazis. Da konnte sie sich mächtig aufregen. Vor allem, wenn jemand das Thema nicht ernst genug nahm. Deswegen kam es ja auch zu diesem furchtbaren Streit!« Mein Vater rieb sich die Augen und blickte in den Himmel. »Ist ja nicht so, dass sie unrecht gehabt hätte. Ich meine, vielleicht stimmte sogar, was sie erzählte. Wahrscheinlich sogar.« Er machte eine Pause und dachte vor sich hin.

»Was denn?«

Er beantwortete meine Frage nicht, sondern erzählte weiter: »Und wenn ich Anja gewesen wäre, hätte ich auch nicht immer so dagegen geredet. Aber du kennst ja Anja ... Na ja, ich hab mich rausgehalten. Gehen mich ja nichts an, diese alten Familiengeschichten. Doch das war vielleicht ein Fehler. Vielleicht hätte ich Anja beruhigen können. Oder Simone. Aber die hat immer weiter gebohrt und gestochert. Sie würde sich schämen, aus so einer miesen Nazifamilie zu stammen, und sie würde am liebsten das Haus, an dem Blut klebe, den Opfern schenken. Anja ist dann komplett ausgetickt ... Verstehst du schon, oder?«

Eigentlich verstand ich kein Wort. Nur, dass der Streit, von dem mein Vater erzählte, wahrscheinlich derselbe war, von dem auch Lisbeth gesprochen hatte, und dass der Streit irgendetwas mit den Nazis zu tun hatte. Mit Nazis in unserer Familie womöglich.

Ich kratzte mich am Kopf. Bisher hatte ich immer gedacht, Nazis seien ausgestorben. Wie die Dinosaurier. Also, ich meine, die ganz normalen Nazis, die mit Beruf, Familie und normalem Leben. Nicht diese Schlägertypen mit Springerstiefeln und Bomberjacken aus Brandenburg. Dort gab es noch Nazis. Aber Brandenburg und Schlägertypen waren so weit weg wie der Mars – und die Nazizeit so weit wie die Zeit der Schachtelhalme.

»Na ja«, fuhr mein Vater fort, »und jetzt eben dieser Urlaub ... Irgendwie bin ich mir inzwischen ziemlich sicher, dass Anja nur deswegen hierher wollte.«

»Weswegen denn?«

»Wegen ihres Großvaters. Und des Streits. Hier ist ihr Großvater doch verschollen. Nie wieder aufgetaucht, der Obernazi. Seit 1944.«

Mein Hintern war nass. Ich hatte den Stuhl nicht ordentlich abgewischt. Aber nicht nur mein nasser Hintern beunruhigte mich. Mein Urgroßvater, ein Nazi, hier verschollen. Vielleicht lagen seine Knochen vergraben in dem Sand, aus dem wir Sandburgen bauten. Und das Schlimmste war: Er hatte es womöglich verdient, mein Uropa. Und ich stammte von ihm ab.

In dem Moment hörte ich unsere Nachbarn zurückkommen. O Gott! An die hatte ich ja gar nicht mehr gedacht. Die durften mich auf keinen Fall sehen. Ich sprang auf und verschwand im Bungalow.

»Konrad, was ist?«

»Mir ist nur kalt. Können wir vielleicht drinnen sitzen?«

Mein Vater kam mit Flasche und Glas herein. »Meinetwegen. Anja schläft ja tief und fest. Möchte nicht wissen, was der Arzt ihr da gespritzt hat.« Er legte eine Decke über ihren Körper. Wir gingen ins Schlafzimmer und streckten uns auf dem Bett aus.

»Man hat den Großvater nie gefunden«, fuhr mein Vater in seiner Erzählung fort. »Er wurde irgendwann für tot erklärt.«

»Keine Spur? Aber wie kann das sein?«

Heutzutage fand man ja praktisch jede Leiche und jeden Täter. Dafür gab es Leichenhunde, DNA-Analysen und Profiler. Aber im Krieg war das vielleicht anders gewesen. Wieder merkte ich, dass ich mir das einfach nicht vorstellen konnte: den Krieg, den Urgroßvater, die Nazis. Nichts. Es war so weit weg.

»Wie alt war er, als er verschwand?«, fragte ich, um erst mal bei Zahlen zu bleiben. Ein Alter, damit konnte ich vielleicht was anfangen. Denn obwohl das Wort *Urgroßvater* sehr, sehr alt klang, konnte er bei seinem Verschwinden nicht sehr alt gewesen sein. Wahrscheinlich nicht einmal so alt wie mein Vater jetzt.

»Er ist 1907 geboren.«

Ich rechnete nach. Ja, er war jünger gewesen. »Und was ist mit seiner Frau und den Kindern geschehen?« Kinder waren auch etwas, worunter ich mir etwas vorstellen konnte.

»Anjas Großmutter hat ihre drei Kinder dann alleine aufgezogen. Sie starb früh. Anja hat sie gar nicht mehr kennengelernt. Niemand hat über die Zeit gesprochen. Ich weiß nur, dass dein Urgroßvater vor dem Krieg Lokführer war, aber er hatte schweres Asthma. Die Familie war arm. Wegen des Asthmas musste er nicht in den Krieg, doch er ging mit der O. T. zum Bunkerbau nach Frankreich. Da blieb er für längere Zeit, Heimaturlaube ausgenommen. Und plötzlich hatte er Geld und baute mitten im Krieg dieses Haus in München. Es wurde kurz vor seinem Verschwinden fertig. Die Familie, also die Frau und ihre drei kleinen Töchter, war gerade eingezogen.«

»Und woher weißt du das eigentlich alles, wenn niemand darüber gesprochen hat?«

»Simone hat das recherchiert. Die fand das eben merkwürdig mit dem Großvater, dem Geld und dem Haus. Woher dieses Geld plötzlich kam, wo die Familie doch so arm gewesen war. Deswegen hat sie die ganzen Briefe und Aktenordner der Familie durchwühlt und in Archiven gesucht. Geholfen hat ihr dabei eine Freundin, die an der Uni arbeitete.«

»In München?«

»Ja, ich glaube«, sagte mein Vater schläfrig.

»Wie hieß die?«

»Du stellst Fragen. Wie soll ich wissen, wie die Freundin meiner verstorbenen Schwägerin heißt, die ich sechs Jahre nicht gesehen habe?«

»Was haben die beiden denn noch alles herausgefunden?«

»Ach, ich weiß nicht so genau. Simone hat uns das ja alles nur hingeknallt. Dass der Großvater wohl ein hohes Tier bei der O. T. war – äh … weißt du eigentlich, was das ist?«

»Die *Organisation Todt*. Zuständig für Bunkerbau.«

»Alle Achtung.«

»Ach, das hat mir Lisbeth erzählt.«

»Mmh … soso.«

»Also ein hohes Tier?«, fragte ich. »Und sonst?«

»Nichts *und sonst*. Mehr weiß ich auch nicht. Aber besonders nett soll er nicht gewesen sein.«

»Zu wem?«

»Zu niemandem. Wenn du mich fragst, war er halt so ein richtiger mieser Nazi. Einer, der nur zu seinen Haustieren nett ist.«

»Hatte er denn Haustiere?«

Mein Vater winkte ab. »Das sagt man so. Es gibt eben diese Massenmörder, die weinen, wenn ihr Hund Schnupfen hat.«

Ich verstand nicht ganz, was er meinte. Also wechselte ich das Thema. »Aber warum ist er verschwunden?«

»Das weiß keiner. Diese Freundin von der Uni hat das angeblich herausfinden wollen … aber weißt du … ich bin … todmü…«

Mein Vater konnte das Wort nicht mehr vollenden. Er war einfach eingeschlafen.

Weil ich zu faul war, noch einmal aufzustehen, zog ich mir die Decke meiner Mutter über die Ohren und schloss die Augen. So musste ich nichts mehr sehen und brauchte fast nichts zu hören. Dennoch lag ich noch lange wach.

Katerstimmung

Ich wachte auf, als die Kaffeemaschine gurgelte, und hielt den Tag einen sehr, sehr kurzen Moment lang für ganz normal. Doch dann fiel mir auf, dass ich im falschen Bett lag, dass ich meine Kleider von gestern trug und dass mein Vater neben mir schlief und was er mir gestern Abend erzählt hatte. Ich wollte nach meinem Handy greifen. Aber das lag ja in diesem Schrank im blauen Haus. Ich stand auf und stellte fest, dass es fast Mittag war. Wo war Lisbeth wohl gerade? Was in aller Welt hatte sie vor?

Im Wohnzimmer schlurfte meine Mutter umher und machte Frühstück. Ihr Gesicht war verquollen, ihre Bewegungen langsam und steif. »Guten Morgen«, sagte sie.

»Morgen«, antwortete ich und setzte mich an den Tisch.

»Lisbeth hat sich immer noch nicht gemeldet. Wenn sie in einer Stunde nicht anruft, geh ich zur Polizei«, sagte meine Mutter und stellte die Marmelade vor mich hin. »Ich verstehe überhaupt nicht, wie wir die Polizisten gestern wegschicken konnten. Nur weil du erzählt hast, Lisbeth ginge es gut. Dass wir das geglaubt haben! Und dass die das geglaubt haben! Ich meine ... du bist ein Kind!« Meine Mutter schüttelte den Kopf.

»Ihr geht es gut«, sagte ich mit Nachdruck, obwohl ich mir selbst nicht mehr ganz sicher war. Die SMS von ihr war ja schon zwölf Stunden alt. Auch ich wunderte mich inzwischen, dass mir alle geglaubt hatten und dass ich selbst Lisbeths SMS für echt gehalten hatte. Wie konnte ich so leichtgläubig sein? Waren wir so erschöpft gewesen? War die Polizei so gleichgültig? Oder hielt uns die Polizei sowieso für völlig übergeschnappt?

Die Zweifel überrannten mich geradezu, jetzt, am Mittag. Vielleicht hatte ich mir die SMS nur eingebildet, ebenso wie den Schrank im blauen Haus und Jean-Luc? Wieso war mein Handy nicht da? War ich verrückt geworden?

»Ihr geht es gut«, sagte ich so bestimmt wie möglich. »Ihr Handy und ihr Rucksack sind weg. Die rosa Fusseljacke ist auch verschwunden. Lisbeth ist irgendwohin gefahren.«

»Dein Wort in Gottes Ohr. Aber wohin soll sie gefahren sein?«

Eigentlich fiel mir nur ein Ziel ein. München. »Nach Hause.«

Meine Mutter schüttelte wieder den Kopf. »Ich kann mir das einfach nicht vorstellen. Sie ist 13. Wie soll sie die Fahrt bezahlen? Und überhaupt … darf sie eigentlich alleine Zug fahren?«

Ich zuckte mit den Schultern.

Jetzt kam mein Vater. »Geht's dir besser?«, fragte er an meine Mutter gewandt.

Sie nickte.

»Na, wenigstens was«, sagte er. »Wenn Lisbeth sich übrigens nicht in zwei Stunden meldet, dann ruf ich die Polizei. In anderthalb Stunden müsste der Zug in Deutschland sein.

Wartet, ich schaue im Fahrplan nach.« Mein Vater tippte auf dem Handy herum. »Der TGV ging um etwa zwanzig Uhr von Bordeaux nach Paris. Von dort gibt es am Morgen verschiedene Züge nach Deutschland.«

»Du glaubst also auch, dass sie nach Hause gefahren ist?«, fragte ich.

»Ja, das hat sie doch schon mal angedroht, weißt du noch, Konrad? Auf dem Bunker.«

Ich erinnerte mich noch genau.

Wir frühstückten, dann warteten wir auf Lisbeths Anruf.

Ich ging an den Pool. Man musste ja irgendwas tun.

Neue Kinder waren da. Sie sprangen hinein und alberten herum. Ich schwamm stur meine Bahnen und beneidete die Kinder, die unbeschwert baden konnten. Ohne Sorgen um eine verschwundene Cousine und einen verschollenen Urgroßvater. Ich war müde von der kurzen Nacht und mir taten meine langen Arme und Beine weh. Vielleicht von der Kletterei und dem Sturz. Oder von dieser ganzen Herumrennerei.

Ich zog mich aus dem Wasser und wollte zum Bungalow zurückkehren, da fielen mir die Nachbarn ein. Der Mann, also Percy Lee Silverman, hatte mich gestern oben auf dem Dach gesehen. Er musste mich erkannt haben. So viele langarmige Jungen gab es auf der Anlage nicht. Warum war er nicht schon längst gekommen, um mit meinen Eltern über die Angelegenheit zu sprechen? Jeder normale Mensch hätte das getan – oder er wäre zumindest zur Rezeption gegangen, um sich zu beschweren.

Vorsichtig spähte ich auf die Terrasse der Merde-Nachbarn: Dort war alles weggeräumt. Normalerweise ließen sie, wenn sie abends zu Bett gingen, alles stehen und liegen: Handtücher über den Stühlen, Socken am Boden, leere Flaschen auf dem Tisch, die Zeitung unter den Liegen. Oft waren sie abends einfach zu betrunken, um aufzuräumen

Doch jetzt war die Terrasse leer. Die Stühle waren zu einem Stuhlturm zusammengestellt, die Liegen eingeklappt, der Sonnenschirm lehnte in einer Ecke. Mit einem Blick durch das Fenster sah ich, dass auch drinnen alles weggeräumt war. Sie waren offenbar abgereist.

Das fand ich merkwürdig. Einfach so zu verschwinden, war doch keine normale Reaktion auf einen Einbruchsdiebstahl eines 13-Jährigen. Entweder sie hatten mich wirklich nicht erkannt oder sie hatten etwas zu verbergen. Das erste Mal dachte ich wieder an das Buch, das ich aus der Nachbarwohnung mitgenommen hatte. Wo war das eigentlich?

Drinnen läutete das Handy meiner Mutter.

»Lisbeth?«, kreischte sie in das Gerät. Die Scheiben vibrierten von ihrer Stimme. Ich sah auf die Uhr. Kurz nach zwei.

Es war Lisbeths Vater. Lisbeth sei eben gerade in seinem Büro aufgetaucht. Völlig übernächtigt und ohne Gepäck, eine Woche zu früh. Was denn nun bitte passiert sei?

»Siehst du?«, zischte mir mein Vater ins Ohr. »Hab ich doch gesagt. Um zwei ist sie zu Hause.«

Meine Mutter stotterte irgendetwas ins Telefon.

Mein Vater knurrte und nahm ihr das Gerät aus der Hand.

»Die komplette Polizeistaffel plus die Wasserwacht ganz Aquitaniens hat nach Lisbeth gesucht. Das ist passiert!«, brüllte mein Vater ins Telefon.

»Nicht streiten!«, flehte meine Mutter leise. »Bitte nicht mit Hermann streiten!«

Mein Vater ließ das Handy sinken. »So, jetzt geht's mir besser. Wer will noch?«

»Ich!« Schnell schnappte ich mir das Handy. »Onkel Hermann, nimm's ihm nicht übel. Papa ist ziemlich mit den Nerven runter!«

»Das merk ich.« Mein Onkel hatte eine näselnde Stimme. Er war Physikprofessor, aber eigentlich ganz nett.

»Onkel Hermann, bitte gib mir Lisbeth. Ich muss was klären mit ihr.«

»Ja, klären würd ich auch gern was«, näselte mein Onkel.

Im Hintergrund hörte ich Lisbeths Stimme: »Papi, gib mir bitte Konrad!«

Wieder knackte und ächzte es im Telefon. Dann hörte ich ein gepresstes Atmen, das klang genauso, wie wenn Lisbeth las.

»Lisbeth?«

»Konrad?«

»Hör mal, ich war gestern noch im blauen Haus. Ich weiß, wem der Schlafsack gehört.«

»Was redet er?«, fragte meine Mutter meinen Vater.

»Dr. Silvia Unstetten?«, fragte Lisbeth.

»Ja, genau.« Ich war etwas enttäuscht, sie nicht mit einer absoluten Neuigkeit überraschen zu können. »Sie ist die tote

Frau. Und Jean-Luc hat irgendwas mit Monsieur Vitrac besprochen.«

»Jean-Luc?«, schrie Lisbeth ins Telefon. »Im blauen Haus? Das ist ja was!«

Ich freute mich, etwas vor Lisbeth gewusst zu haben, und wollte noch von Marjorie erzählen, doch Lisbeth redete schon weiter.

»Du, ich such jetzt das Zeug. Wenn ich es hab, melde ich mich.«

»Was für Zeug?«

»Na, die Beweise.«

»Wofür denn eigentlich?«

»Na ... für ... ich will das jetzt nicht am Telefon besprechen.«

Wieder hörte ich lautes Rauschen. Jetzt war mein Onkel am Apparat: »Konrad, gib mir bitte Anja!«

Ich zuckte mit den Schultern, reichte meiner Mutter das Telefon und ging ins Schlafzimmer meiner Eltern. Vielleicht war da das Buch aus der Nachbarwohnung. Schließlich hatte ich ja hier geschlafen.

Ich warf einen Blick auf das Bett mit den zerknüllten Laken. Nichts. Dann bückte ich mich. Unter dem Nachttisch lag es. Es war mir wohl gestern Nacht aus der Jackentasche gefallen. Ich hob es auf und blätterte es durch. Ein ganz normales Buch. Ich brachte es in mein Zimmer und steckte es in meinen Rucksack.

Drüben sprach meine Mutter immer noch mit Onkel Hermann. Immerhin stritten sie nicht, zumindest nicht richtig.

Meine Mutter legte jetzt auf. »Er meint, wir hätten nicht richtig auf Lisbeth aufgepasst. Außerdem denkt er, wir waren nicht nett zu ihr«, sagte sie.

»Wir waren nett!«, rief mein Vater.

Meine Mutter seufzte.

»Und?«, fragte mein Vater gereizt. »War das das Ziel dieser Reise?«

»Nein«, sagte meine Mutter leise. »Natürlich nicht.« Sie hielt den Kopf gesenkt, und ich sah, wie eine Träne auf den Tisch tropfte.

»Wir hätten ...«, begann mein Vater, doch dann sah auch er, dass meine Mutter weinte. »Ach, ist ja auch egal.«

Wie immer sah das blaue Haus vollkommen unbewohnt aus. Der rostige Schubkarren stand noch an seinem Platz, wie immer war die Hintertür nur angelehnt. Ein wenig fühlte ich mich hier fast schon zu Hause, als ich die Hintertür öffnete. Ich hatte nicht noch mal herkommen wollen. Aber es blieb mir nichts anderes übrig. Ich brauchte mein Handy.

Vorsichtig schlich ich bis zum Wohnzimmer und lugte in den Raum. Der Alte saß wie immer in seinem Stuhl, mit dem Rücken zu mir. Auch seine Prothese entdeckte ich gleich. Alles war still.

Sollte ich einfach an ihm vorbei zu dem Schrank gehen? Nein. Ich würde es so machen wie gestern, nämlich von oben.

Ich schlich hinauf in Marjories Zimmer. Alles war aufgeräumt. Kein Schuh, kein Socken und kein Funktionshemd lagen mehr herum. Sie war tatsächlich abgereist. Ich machte einen Schritt auf den Schrank zu. Da räusperte sich plötzlich jemand hinter mir.

Ich fuhr herum. In der Tür stand Marjorie. Sie trug eine Reisetasche.

»Du warst das also gestern«, sagte sie. »Oder war es deine Schwester? Ich kenn euch nur vom Strand.«

Ich schnappte nach Luft. »Nein, nicht Lisbeth«, stammelte ich.

»Und was hast du hier verloren?«

»Mein Handy.«

Die Joggerin stutzte. »Äh … ich meine: Raus hier, aber schleunigst!« Sie kam auf mich zu.

»Halt, warten Sie! Ich … das liegt doch bloß dran, dass Lisbeth gestern auf einmal spurlos verschwunden ist. Darum war ich hier.«

»Um sie hier zu suchen, oder was?«

Ich schwieg.

»Monsieur Vitrac hätte gestern beinahe einen Herzinfarkt bekommen. Wegen dir.«

»Oh. Das tut mir leid.«

»Ja, das will ich hoffen. Und jetzt verschwinde. Ich hab es eilig.« Die Joggerin wirkte ungeduldig.

Mein Handy. Ich schielte zum Schrank.

»Die Polizei hat sogar nach Lisbeth gesucht!«, sagte ich, um Zeit zu gewinnen.

»Die Polizei?« Die Joggerin setzte ihre Reisetasche ab. »Äh … wieso die Polizei?«

»Wenn ein Kind verschwindet, holt man doch meistens die

Polizei, oder?« Ich sah die Joggerin an. Irgendwas in ihrem Gesicht zuckte. Warum war sie denn jetzt so nervös?

»Ja … natürlich … gewiss. Also, wo hast du denn dein Handy verloren?«

»Da drin.«

Die Joggerin nickte. »Dann wäre es wohl das Beste, ich steige hinunter, damit wir Monsieur Vitrac nicht noch einmal erschrecken.«

»Wie Sie wollen«, sagte ich.

Die Joggerin stieg ohne Umstände in den Schrank. Ich hörte es rumpeln. Dann vernahm ich die Stimme des Alten. Die Joggerin antwortete. Wieder rumpelte es, dann kam jemand die Treppe im Haus hoch. Marjorie öffnete die Zimmertür und hielt mir das Handy hin. »Voilà!«

Ich war beeindruckt, wie rasch sie mit dem Handy aufgetaucht war, und bedankte mich. Ich hätte jetzt gehen können. Dennoch blieb ich im Zimmer stehen. Zu gerne hätte ich sie noch nach Dr. Silvia Unstetten gefragt. Als ob sie Gedanken lesen könnte, sagte sie: »Silvia hat übrigens auch nicht mehr herausgefunden, als deine Tante schon wusste.«

Ich zuckte zusammen, so plötzlich kamen diese Informationen. »Woher …?«

»Ich habe deine Mutter neulich bei der Eröffnung des Surfladens kennengelernt. Sie hat mich angesprochen, weil sie irgendwie herausgefunden hatte, dass ich Frau Dr. Unstetten von der Uni kenne. Sie erzählte mir von ihrer verstorbenen Schwester und wollte wissen, ob ich noch mehr Informationen besäße. Ich habe ihr gesagt, dass Frau Dr. Unstetten tot ist. Das hat sie sehr verwirrt oder erschüttert. Sie wollte wissen, was passiert sei, aber ich wollte es ihr nicht sagen, da die polizeilichen Untersuchungen zum Tod von Frau Dr. Unstetten noch nicht abgeschlossen sind. Ich wollte sie auch nicht ängstigen. Schließlich wusste ich ja, dass sie mit ihrer Familie hier war und Urlaub machen wollte. Aber sie ließ nicht locker, und so habe ich ihr versprochen, Silvias Unterlagen noch einmal durchzusehen. Also hinsichtlich ihres Großvaters, Albert Sterzing, du weißt schon.«

Ich zuckte bei dem Namen zusammen. Dieser Name hatte auf der Liste gestanden! Albert Sterzing, der letzte Name, der mit dem Fragezeichen! Dieser Albert Sterzing sollte mein Urgroßvater gewesen sein? Ich zog die Schultern hoch. Mir wurde kalt.

Bis jetzt hatte ich wirklich geglaubt, der ganze Nazikram gehe mich nichts an. Bestenfalls unsere Großeltern konnten damit noch was anfangen oder hatten damit am Rande zu tun. Alles war weit, weit weg gewesen. Aber nun war diese ferne Zeit wieder da, mit einem Schlag, mit diesem Namen, und sie lebte in mir weiter. Ich war verwandt mit einem schlimmen Nazi. Ich fühlte mich hässlich und schmutzig und schämte mich plötzlich, dass so jemand wie ich in Frankreich, das damals von Deutschland einfach erobert worden war, Urlaub machten konnte. Mein Blick fiel auf meine Füße. Warum, weiß ich auch nicht. Diese Quadratlatschen! Was erzählte meine Mutter immer? Dass schon angeblich der Vater meines Großvaters nicht durch eine normale Tür gehen konnte, ohne sich zu bücken? Und war der Vater meines Großvaters nicht mein Urgroßvater? Nein, nein, nein, das konnte doch alles gar nicht wahr sein!

Ich sah weg von Marjorie Cotin, die ja Französin war, und schüttelte meinen Kopf. Nie im Leben wäre ich darauf gekommen, dass Albert Sterzing mein Urgroßvater war. Ich hieß Mayerhöfer, Lisbeth hieß Jost, meine Mutter hatte früher Friedel geheißen, den Mädchennamen meiner Oma kannte ich schon nicht mehr.

»Also eigentlich«, sagte ich zögernd und zog meine Zehen ein, als könnte ich so meine Füße wirklich kleiner machen, »weiß ich nicht viel.«

Die Joggerin blickte mich an. Hasste sie mich jetzt? Aber es kam mir nicht so vor. Sie redete ganz normal. Und meine Größe fiel ihr auch nicht auf. Sie tat so, als sei ich ein ganz normaler Junge.

»Albert Sterzing war bei der Organisation Todt beschäftigt. Er hatte sich da hochgearbeitet und ... aber ... das sind jetzt keine Geschichten für zwischendurch. Du bist ja noch ein Kind ...«

»Wir haben schon Geschichtsunterricht«, sagte ich. »Was war denn mit meinem Urgroßvater?«

Marjorie Cotin zögerte. Sie sprach fast akzentfrei Deutsch, schien aber jetzt überlegen zu müssen. »Es gibt da Aufzeichnungen von Gefangenen. Die hat Silvia übersetzt und wollte darüber eine wissenschaftliche Arbeit herausbringen. Er hat wohl ... wie soll ich sagen? Er war raffg... äh ... eben sehr, sehr ... böse.«

Ich schwieg. War er raffg..., also raffgierig? Warum hatte

sie sich unterbrochen? Warum hatte sie dann gesagt, ganz allgemein, er sei böse gewesen? Was war das, böse?

»Aber das habe ich ja auch alles deiner Mutter gesagt«, fuhr sie eilig fort. »Ich schicke ihr, was sie braucht. Jetzt muss ich leider gehen, denn mein Zug fährt bald. Ich reise ab.«

Sie stemmte ihre Hände in die Hüften. Mir fiel nichts ein, nicht mal ein Gruß. Bloß eines interessierte mich noch. »Aber warum ist er verschwunden?«

»Das weiß man nicht. Aber eins lass dir sagen: Es war für alle Beteiligten das Beste. Tut mir leid, aber es ist so. Er war ein Schwein. Mir jedenfalls ist völlig egal, warum er plötzlich weg war. Und dir sollte das auch egal sein.«

Ich zog die Schultern hoch. Irgendwie war es mir auch egal. Ich hätte ihn so oder so nie kennengelernt. Und böse war er auch, gleichgültig, wie lange er gelebt hatte und warum er gestorben war. Aber so oder so würde er immer mein Urgroßvater sein.

Marjorie Cotin schulterte die Tasche. »Ich muss los.« Damit ging sie die Treppe hinunter.

Sie wies mich an, ihr leise zu folgen und unten im Flur zu warten. Im Wohnzimmer verabschiedete sie sich noch von Monsieur Vitrac. Dann rauschte sie durch den Flur und forderte mich mit einem barschen »Komm!« auf, ebenfalls das Haus zu verlassen.

Ich trottete hinter ihr her.

Das war es also. Mein Urgroßvater war ein böser Nazi gewesen und niemand hatte es wahrhaben wollen außer Simone. Wegen meinem Urgroßvater waren Anja und Simone zerstritten und hatten sechs Jahre nicht mehr miteinander geredet. Jetzt war Simone tot. Dr. Silvia Unstetten war auch tot. War das Zufall? Ich blickte Marjorie Cotin nach, wie sie eilig die Straße entlangging und schließlich um die Ecke bog. Da rannte ich los.

Als ich die kleine Kreuzung erreicht hatte, sah ich gerade noch, wie sie die Straße überquerte und noch einmal abbog. Seltsam, dachte ich. Warum ging sie in diese Richtung? Der Bahnhof war doch in der anderen! Ich folgte ihr weiter.

Sie ging und ging. Natürlich in einem irren Tempo, trotz Tasche. Inzwischen eilte sie einen langen, nicht besonders breiten, schlampig asphaltierten Weg entlang, an dem nur noch wenige Häuser standen. Schließlich, nach über einem Kilometer auf dieser schnurgeraden Straße, die inzwischen durch einen lichten Pinienwald führte, bog sie ab.

Auch ich bog ab. Über 200 Meter hastete sie mit immer größer werdenden Schritten einen geraden Weg entlang. Er war noch schmaler und nicht asphaltiert, es roch nach Wald. Ich ging anderthalb Meter neben der Fahrbahn durchs hohe Gras, um nicht von ihr gesehen zu werden, falls sie sich umwandte. Irgendwie kam mir der Weg bekannt vor.

Plötzlich sah ich am Wegrand einen schwarzen Wagen stehen. Nun wusste ich, woher ich diesen Weg kannte. Marc war dort abgebogen, als ich ihm das allererste Mal gefolgt war. Ich hörte einen Hund bellen.

Marjorie Cotin blieb stehen. Sie hatte einen Zaun erreicht und öffnete das Gartentor. »Marc?«, hörte ich sie rufen.

Ebbe

Ich ging nach Hause. Dort steckte ich erst einmal das Handy an den Strom und wählte sofort Lisbeths Nummer. Wir sprachen ohne Rücksicht auf den teuren Auslandstarif ziemlich lange. Sie erzählte von ihrer Reise mit dem Regionalzug nach Bordeaux, wie sie dort mit der Kreditkarte meiner Mutter Geld vom Automaten abgehoben hatte und woher sie die Geheimzahl kannte – aus dem Museum –, sie erzählte von der langen Fahrt im TGV, vom Umsteigen in Paris, von ihrer Ankunft und von ihrem Vater: wie sie ihn in seinem Physik-Institut an der Uni überrascht hatte.

Schließlich berichtete sie, was sie bei ihrer Mutter gefunden hatte: nämlich das Manuskript des Buches, das Dr. Silvia Unstetten verfasst hatte.

»Es ist ziemlich spannend«, sagte sie. »Und wir sind solche Idioten. Wir hätten wirklich selber drauf kommen können.« Sie machte eine Kunstpause. Ich sollte nachfragen, erstaunt sein oder so etwas.

Doch den Spaß gönnte ich ihr nicht. »Du meinst, wegen Albert Sterzing?«

»Oh«, sagte Lisbeth, sichtlich enttäuscht. »Du weißt das schon?«

»Ja, ich habe eben gerade mit der Joggerin gesprochen.«

Das wiederum überraschte Lisbeth. »Tatsächlich?«

»Ja«, sagte ich so beiläufig wie möglich. »Ich bin zu ihr ins blaue Haus gegangen, um dort mein Handy zu suchen.«

Lisbeth war einen Moment sprachlos. Nach einem kurzen Zögern sagte sie: »Dann hat sie dir sicher von Dr. Silvia Unstettens Theorie erzählt?«

»Ja. Dass unser Urgroßvater leider ein mieser Nazi war.«

»Das meine ich nicht.«

»Was denn?«

»Na, hat sie sonst nichts erzählt?«

»Nein. Nur, dass sein Verschwinden nicht geklärt ist.«

»Ach«, machte Lisbeth. »Merkwürdig. Wenn sie das weiß, muss sie doch auch das andere wissen.«

»Was denn?«

»Na ja, dass es für das Verschwinden noch einen anderen Grund geben könnte. In den Aufzeichnungen von Dr. Silvia Unstetten ist eine Lücke. Sie hat das nicht weiter ausgearbeitet. Da steht nur *siehe Interview* … Irgendwas muss …« Lisbeth brach ab.

»Was für ein anderer Grund könnte das denn sein?«

»Keine Ahnung. Ich muss die Sachen meiner Mutter noch einmal durchsuchen. Vielleicht finde ich noch etwas. Ich habe eine Vermutung. Aber darüber will ich nicht am Telefon reden. Man könnte uns abhören.«

»Du spinnst. Kein Mensch hört uns ab.«

»Jeder wird abgehört. Das weiß man doch.«

»Lisbeth, gib mir wenigstens einen Hinweis, was du vermutest.«

»Nein, lieber nicht.«

»Das kannst du nicht machen. Du kannst doch nicht ...«

»Ich schreib dir einen Brief.«

»Lisbeth! Sei doch nicht so bescheuert!«

Doch Lisbeth hatte schon aufgelegt. Ich wählte noch fünf Mal, aber sie ging einfach nicht mehr ans Telefon. Beinahe hätte ich mein Handy in die Ecke geknallt. Um mich zu beruhigen, schrieb ich ihr drei SMS und beschimpfte sie darin aufs Übelste.

Am Abend wollte meine Mutter mit uns sprechen. Bei uns gab es das normalerweise nicht, Familienversammlung oder so etwas. Alle hassten formelle Akte. Meine Eltern hatten ja nicht mal geheiratet. Ich war nicht getauft und zu Weihnachten durfte auf gar keinen Fall gesungen werden.

Doch heute bestand meine Mutter auf einer offiziellen Versammlung. Pünktlich um acht fanden wir uns im Wohnraum ein. Meine Mutter hatte die Terrasse vorgeschlagen, doch ich war dagegen gewesen. Schließlich konnte uns da jeder hören.

Käse und Trauben standen auf dem Tisch. Neben dem Teller lagen zwei Muscheln und ein bisschen Sand. Mein Vater und meine Mutter schenkten sich Wein ein.

Ich fand das gemein. Erwachsene durften Drogen nehmen, wenn sie sich entspannen wollten, Kinder nicht. Ich saß steif am Tisch, genauso steif saß meine Mutter, aber ihr tat ja der Rücken weh. Mein Vater hing schief und krumm in seinem Stuhl. Er räusperte sich. Das war wohl die Eröffnung unserer Versammlung.

Auch meine Mutter räusperte sich. Dann sagte sie ohne Einleitung: »Ich finde, wir sollten abreisen.«

Ihre Worte hallten durch den Raum.

Ich rief: »Nein!«

Mit allem Möglichen hatte ich gerechnet, einem langen Gespräch über Nazis in der Familie zum Beispiel. Oder über den Grund der Reise. Oder von mir aus über Lisbeths Flucht.

»Nicht jetzt!«, rief ich.

Auch mein Vater hob die Augenbrauen.

»Der Grund der Reise hat sich erledigt«, erklärte meine Mutter. »Es ist jetzt alles klar.«

»Was soll denn bitte klar sein?«

»Die Dinge eben.«

Mein Vater sagte nichts, er versuchte nur, sich zu räuspern, aber selbst das misslang ihm.

»Ich bin dafür, sofort abzureisen«, erklärte meine Mutter sehr bestimmt, »denn ich muss mich noch erholen, bevor ich wieder arbeiten gehe. Hier kann ich das nicht.«

»Aber es ist doch gar nichts klar.«

»Konrad!« Die Stimme meiner Mutter klang scharf. »Sag nicht immer *aber*. Wir wissen jetzt alles.«

»Was wissen wir?«, bohrte ich nach. Ich zumindest wusste nicht viel, ja, ich wusste nicht einmal, was meine Mutter wusste oder zu wissen meinte.

»Das weißt du doch. Christian hat's dir gestern erzählt, sagte er.«

»Ja, schon …«, begann mein Vater. »Aber wenn wir …«

»Müsst ihr alle immer widersprechen? Dieses dauernde

ABER, ABER, ABER. Ich kann es nicht mehr hören. Ihr seid ja schlimmer als Simone. Die sagte auch dauernd ABER, ABER, ABER ...«

»Aber wenn sie doch recht hatte ...«, rutschte mir heraus.

Meine Mutter warf mir einen bitterbösen Blick zu. »Ich jedenfalls muss hier weg«, sagte sie durch die Zähne. »Egal, wer recht hat.« Damit stand sie auf und verschwand im Schlafzimmer. Geräuschvoll begann sie zu packen.

»Tolle Versammlung«, sagte mein Vater.

Was war das für eine beknackte Familie! Über nichts konnte man reden. Alle waren gleich beleidigt oder stritten, und wenn sie nicht beleidigt waren oder stritten, verschwanden sie oder bekamen Krebs. Ich ging nach draußen. Mein Vater folgte mir.

»Drehen wir noch eine Runde am Strand?«

Schweigend gingen wir zum Meer. An der Tafel lasen wir den Koeffizienten und die Zeiten von Ebbe und Flut.

Bm: 0.33 – hm: 10.06 – bm: 15.57 – hm: 22.33
Coeff: 79/70

»Es müsste Halbmond sein«, sagte mein Vater. »So ungefähr jedenfalls.«

Das Abendlicht färbte alles orange, der Himmel war wolkenlos. Es würde einen makellosen Sonnenuntergang geben. Schön könnte das sein. Doch ich fand nichts schön; ich ärgerte mich.

Im feuchten Sand blieben wir stehen.

»Also, wegen mir könnten wir bleiben«, erklärte mein Vater.

Ich antwortete nicht. Ich bohrte mit dem großen Zeh im Sand. Bis gerade eben hatte ich alles auf meine Mutter geschoben. Doch eigentlich war auch ich schuld. Ich redete auch nicht. Ich spielte Agent, verfolgte verdächtige Personen und jagte hinter irgendwelchen Rätseln her, die vielleicht gar keine waren. Und selbst wenn sie welche waren, dann war es bestimmt das Falscheste, zu schweigen.

Wenn ich die Nachbarn verdächtigte, vom Geheimdienst zu sein, dann hatte ich das der Polizei zu melden. Das war nichts für kleine Kinder, die sich einbildeten, schlauer zu sein als ausgebildete Agenten. Und das war doch auch der Grund, warum ich Kinderkrimis verabscheute. Ich hasste diese superschlauen Kinder, die der Polizei die Arbeit abnahmen. Ich beschloss, es anders zu machen als diese Kinder in diesen Büchern. Ich würde der Polizei sagen, was für einen Verdacht wir hatten. Und nicht wie die Kinder in den Krimis auf eigene Faust *ermitteln.* »Unsere Nachbarn …«, begann ich.

Mein Vater starrte ins Abendrot.

»Also, unsere Nachbarn, die benehmen sich doch schon merkwürdig, oder?«

»Meine Güte, wie kommst du denn jetzt auf die?«

»Sie tauchen hier … Ich meine … man taucht doch eher am Roten Meer oder in der Karibik …«

»Wusstest du, dass die Sonne, wenn man sie gerade noch zu sehen meint, eigentlich schon untergegangen ist?«

»Manchmal glaube ich, sie sind Agenten.«

»Ach, Konrad!«

»Nein, im Ernst!«

»Und weißt du, woran das liegt?«, fragte mein Vater. Vermutlich meinte er die Sonne, denn er zeigte auf den orange leuchtenden Ball überm Horizont.

Ich versuchte es anders. »Lisbeth hat etwas herausgefunden über Monsieur Vitrac ...«

»Wer ist denn das? Heißt nicht der Bademeister so? Der mit den langen Haaren?«

»Ja, schon. Aber Lisbeth hat etwas herausgefunden über ihn, das heißt über seinen Großvater, aber das will sie nicht am Telefon sagen. Jetzt schreibt sie einen Brief. Wir müssen unbedingt so lange hierbleiben, bis der Brief angekommen ist.«

Mein Vater schaute mich verständnislos an. Dann sagte er: »Vielleicht wäre es doch das Beste, wir würden bald abreisen.«

Die Sonne rutschte immer tiefer. Manchmal kam es mir vor, als bewege sie sich eine kleine Spur ruckartig.

Es war wirklich zum Verzweifeln. Okay, ich hatte mich nicht besonders geschickt angestellt, aber es hatte offenbar wirklich keinen Sinn, mit irgendwem zu reden. Ich musste das alleine klären.

»Setzen wir uns doch auf die Düne«, sagte mein Vater.

Ich hatte keine Lust, aber ich wollte mal nicht widersprechen, auch wenn mein Vater gar nichts verstand. Und irgendwie war mir auch egal, was wir gerade taten. Wir konnten auch vergammelte Krabbenfüße grillen oder einen Wettlauf bis zur nächsten Plastikflasche machen, rückwärts. Also sagte ich: »Ja, tun wir das.«

Wir sahen der Sonne weiter beim Sinken zu und sprachen nicht viel dabei. Wahrscheinlich gaben wir ein recht einträchtiges Bild ab: Vater und Sohn sitzen bei Sonnenuntergang am Meer.

Aber ich wusste nicht, was mein Vater dachte, und er wusste nicht, was ich dachte. Ganz bestimmt dachten wir nicht ansatzweise dasselbe.

Plötzlich hörte ich einen Hund bellen. Da wir da saßen, wo man eigentlich nicht sitzen durfte, erschrak ich. Doch gleich darauf hörte ich eine Stimme: »Coco!«

Coco hörte nicht gleich, er sprang über einen dornigen Busch und landete neben meinem Vater.

»Coco! Hier!«

Coco blieb stehen und hechelte. Jetzt tauchte Marc auf.

»Ach, hallo, Konrad. Na, auch den Sonnenuntergang gucken? Wo ist denn Lisbeth?«

»Abgereist«, antwortete mein Vater.

Marc nickte ihm zu. »Und Ihre Frau?«

»Hexenschuss.«

»Au, au, au, das tut weh. Sagen Sie ihr einen schönen Gruß. Ich kenn das.«

»Mmh.«

»Mit dem Sonnenuntergang hat es schon eine merkwürdige Bewandtnis«, sprach Marc weiter. »Jeden Tag das Gleiche und trotzdem kommen die Leute her.« Marc wies herum.

Überall saßen Leute und starrten ins goldschimmernde Meer. »Dabei ist es doch so, wie Heine schon sagte …«

Er machte eine Pause, wahrscheinlich um meinen Vater zu testen, ob der wusste, was Herr Heine gesagt hatte. Ich war auch gespannt darauf, denn ich wusste natürlich gar nicht, wer das war. Weil mein Vater nichts antwortete, fuhr Marc selber fort:

»Das Fräulein stand am Meere
Und seufzte lang und bang,
Es rührte sie so sehre
Der Sonnenuntergang.

Mein Fräulein! sein Sie munter,
Das ist ein altes Stück;
Hier vorne geht sie unter
Und kehrt von hinten zurück.«

Niemand sagte etwas.

»Von 1844«, fügte Marc hinzu.

»Ja, ja«, antwortete nun mein Vater. »Als Schriftsteller weiß man so etwas natürlich.«

»Autsch!« Ich sprang auf. Ein Dorn hatte mich in den Po gepikt, weil ich ein Stück nach vorn gerutscht war. Und als ich aufsprang, sah ich sie: Unterhalb der Düne, in Marcs Auto, saß die Joggerin. Marjorie Cotin. Sie zog den Kopf ein, als sie mich bemerkte.

»Äh, ich muss dann mal wieder«, sagte Marc und rief Coco.

Coco sprang über den Busch und rannte vor zum Wagen.

»Schönen Urlaub noch«, sagte Marc und ging davon.

»Angeber«, sagte mein Vater.

Dann war die Sonne weg. Von 1844 bis 1944 sind es genau 100 Jahre, dachte ich. Aber das war wahrscheinlich Zufall.

Meine Mutter hatte tatsächlich zusammengepackt.

Steif saß sie am Küchentisch.

»Mama, lass uns doch bleiben«, sagte ich.

»Was sollen wir denn noch hier?«, sagte sie. »Außerdem tut mein Rücken schon wieder weh.«

»Da ist eine lange Fahrt nicht gut«, sagte mein Vater.

»Fahren müssen wir so oder so«, wandte meine Mutter ein.

»Aber Sonne und Wärme sind gut. Entspann dich doch mal. Und entschuldige den Satzanfang mit ›aber‹ …« Mein Vater machte ein völlig verzweifeltes Gesicht. »Aber … entspann dich doch einfach mal!«

Da begann meine Mutter zu weinen.

Ich ging wieder nach draußen. Jetzt, wo die Sonne untergegangen war, schlüpften die Fledermäuse aus ihren Verstecken und jagten über den mittelblauen Abendhimmel. Er hatte einen ganz leichten Grünstich.

Eine Weile saß ich da und schaute nach oben. Auf der Anlage spielten noch die anderen Kinder. Unter normalen Umständen wäre ich mit ihnen durchs Gelände gerannt oder hätte mit ihnen Räuber und Gendarm, Zombieball oder Rundlauf gespielt.

»Wir gehen schlafen«, riefen meine Eltern zu mir heraus.

»Jetzt schon?«

»Ja, jetzt schon.«

Ich blieb sitzen. Das Bett im Schlafzimmer knarrte. Meine Eltern sprachen noch ein paar Worte. Ich wollte noch nicht ins Bett.

Die Kinderstimmen wurden langsam weniger und leiser. Irgendwann holte ich mir eine Decke.

Ich musste eingeschlafen sein. Mein Handy zeigte kurz nach Mitternacht. Nebenan hörte ich leises Flüstern und vorsichtiges Stühlerücken. Ich lauschte, blieb aber still sitzen.

Es dauerte nicht lang, dann schlichen zwei dunkle Gestalten an unserer Terrasse vorbei. Ich bewegte mich nicht. Die zwei schwarz gekleideten Personen trugen längliche Geräte, die vordere einen schweren Rucksack. Das waren doch unsere Merde-Nachbarn, da war ich mir ziemlich sicher. Wo kamen die denn auf einmal her? Waren die nicht abgereist?

Da mir das Ganze äußerst merkwürdig vorkam, stand ich auf und ging ihnen nach.

Sie schlugen den Weg zum Meer ein. Irgendwie war mir das klar gewesen. Um nicht von ihnen gesehen zu werden, nahm ich den Weg vorbei durch die Hecke und stieg von dort aus auf die Düne. Kaum hatte ich mich hinter ein paar vermickerten Pinien versteckt, tauchten die beiden unten am Strand auf. Ich holte mein Handy heraus und schaltete es ab. Wenn die beiden wirklich Agenten waren, dann konnten sie es jederzeit orten.

Das Meer hatte sich komplett zurückgezogen. Schwarz lag

der Bunker da. Es war völlig windstill, die Brandung hörte man kaum. Dadurch war es viel ruhiger am Meer als sonst.

Die Nachbarn standen unten am Strand und betrachteten den Bunker. Sie beratschlagten sich kurz, dann kletterten sie nur ein paar Meter von meinem Platz entfernt die Düne herauf.

Damit hatte ich nicht gerechnet. Ich kroch hastig ein Stück weiter nach rechts. Immer noch waren die beiden nur etwa zehn Meter von mir entfernt. Sie flüsterten, raschelten, dann breiteten sie zwischen dem ledrigen Gras und den dornigen Büschen ihre Gerätschaften aus.

Dann tauchte unten am Strand eine dritte Gestalt auf. Sie war ebenso schwarz gekleidet, das Gesicht war durch eine tief heruntergezogene Mütze verborgen. Trotzdem wusste ich sofort, wer es war: die Joggerin. Sie blickte sich um und schien zu lauschen. Plötzlich duckte sie sich. Ich äugte zwischen zwei Grasbüscheln nach unten. Die Joggerin sah nach oben, aber nicht zu mir, sondern hinüber, dahin, wo die Nachbarn saßen, die sich immer noch an ihren Geräten zu schaffen machten. Ab und zu sprachen sie ein paar Worte; doch sie schienen weder mich noch die Joggerin bemerkt zu haben.

In diesem Moment sah ich einen Schatten, drüben, beim Wasserwachthäuschen. Weil ich den Nachbarn und der Joggerin ohnehin viel zu nahe war, kroch ich zwischen den Büschen ein Stück weiter nach rechts.

Wieder war da der Schatten. Dann ging die Tür des Häuschens auf. Jean-Luc! Ich erkannte ihn an seinem Pferdeschwanz und seinen breiten Schultern. Ich kroch noch näher.

Was taten die da alle auf einmal? Gehörten sie zusammen und suchten das Nazigold? Oder waren sie alle hinter meinem Urgroßvater her? Vielleicht wussten sie, dass ich von ihm abstamme, und wollten sich alle zusammen an unserer Familie rächen? War ich in die Falle gelockt worden?

»Merde! Merde! Merde!«, fluchte Irina Solotowa halblaut. Sie richtete sich kurz auf. Die Joggerin unten am Dünenansatz machte sich ganz klein. Sie hatte keinerlei Deckung im Gegensatz zu mir.

Auch Jean-Luc musste etwas gehört haben. Er sah sich um. Doch Irina Solotowa hockte wieder zwischen den Büschen. Die Joggerin konnte Jean-Luc aus seiner Position ohnehin nicht sehen. Es war jetzt wieder ganz still bis auf das leise Rauschen des Meeres.

Drüben bei den Merde-Nachbarn blinkte ein rotes Licht auf; dann hörte ich ein Klicken und das Licht erlosch wieder.

Jean-Luc hingegen lief durch den tiefen Sand die Düne hinunter und rüttelte an etwas herum. Der Schubkarren!

Jean-Luc nahm eine Schaufel und hob ein Loch aus. Er machte das ziemlich gründlich und es dauerte eine ganze Weile. Schließlich stieß er den Schubkarren hinein. Dann buddelte er das Loch zu und streute trockenen Sand darüber, damit man nicht sofort sah, dass an der Stelle gegraben worden war.

Ich verstand das nicht. Wieso vergrub Jean-Luc diesen Schubkarren? Er stieg nun wieder zu seinem Häuschen hoch und setzte sich an die Wand. Er blickte aufs Meer. Eine ganze Weile blieb er so sitzen.

Irina Solotowa und Percy Lee Silverman werkelten immer noch. Sie sprachen jetzt lauter. Irina Solotowa deutete zum Wasserwachthäuschen. »Merde!«

Immer wieder erstaunte mich, was man mit einem einzigen Wort alles ausdrücken konnte. Diesmal war eine Spur Panik dabei. Percy Lee Silverman antwortete, dann knackten die Zweige der mickrigen Dünenbüsche. Er kam näher. Hatte er mich womöglich gesehen?

Doch er hatte nicht mich bemerkt, sondern die Joggerin. Er fluchte, aber zur Abwechslung etwas, das nach »Fucking bitch!« klang. Dann sprang er über den Busch mindestens zwei Meter tief nach unten. Die Joggerin machte einen Satz zur Seite und schrie unterdrückt auf.

Ich überlegte noch kurz, wie ich von der Düne verschwinden konnte, ohne von Percy Lee Silverman, Irina Solotowa, Marjorie Cotin oder Jean-Luc Vitrac gesehen zu werden, da erschütterte ein unglaublich lauter Donner die Luft.

Ich spürte eine Druckwelle, warf mich flach hin und vergrub mein Gesicht im Sand.

Ich weiß nicht, wie lange Donnerschläge, egal welcher Ursache, dauern können. Dieser jedenfalls dauerte ewig.

In meinen Ohren dröhnte und schepperte es, ich sah Lichtblitze, obwohl ich die Augen geschlossen hatte. Eine oder mehrere Druckwellen erfassten mich, mein ganzer Mund war voller Sand. Kurz danach spürte ich, wie kleine Steine auf mich herabprasselten.

So lag ich da und rührte mich nicht. Ich habe nicht einmal

geatmet, glaube ich. Als es wieder einigermaßen still war, hob ich vorsichtig den Kopf. Es roch wie an Silvester, die Luft war staubig und ich unterdrückte ein Husten. Dann sah ich mich um.

Über dem Bunker, der eigentlich noch genauso aussah wie zuvor, hing eine Rauchwolke. Einige Trümmer aber hatten sich wohl gelöst und lagen verstreut im Wasser und auf dem nassen Sand. Jemand musste tatsächlich versucht haben, den Bunker zu sprengen.

Im Nachhinein kann ich kaum glauben, welche Kaltblütigkeit ich besaß. Ich war ganz ruhig. Ich betrachtete alles genau. Dann holte ich mein Handy hervor und filmte.

Durch die Kamera hindurch sah ich Jean-Luc hinter dem Wasserwachthäuschen die Dünen hinunterlaufen und im Dunkeln verschwinden. Ich sah Percy Lee Silverman und Irina Solotowa in ihren Neoprenanzügen durchs hohe Gras am Schuppen vorbeistolpern. Marjorie Cotin filmte ich, wie sie nach Süden über den Strand davonrannte und durch den nächsten Dünendurchgang schlüpfte. Zum Schluss machte ich noch mehrere Aufnahmen von der Staubwolke über dem Bunker.

Dann erst rief ich die Polizei.

Inzwischen näherten sich Menschen dem Strand, ich hörte Stimmen und den Motor eines Autos. Ich ging hinunter zur Tafel mit den Gezeiten. *Bm: 0.33 h* las ich. Ebbe. Das war jetzt.

Dann wartete ich.

Wir reisen ab!

Die Polizei, die Feuerwehr und der Krankenwagen kamen etwa gleichzeitig mit meinen Eltern, die von der Explosion aufgewacht waren und mein leeres Bett vorgefunden hatten.

Meine Mutter stakste steif und mit schmerzverzerrtem Gesicht herum, mein Vater wirkte verwirrt und verärgert.

»Gott sei Dank bist du da!«, rief meine Mutter und schloss mich in die Arme.

»Ja, Gott sei Dank«, murmelte mein Vater und gähnte. »Was ist hier los? Warst du das?« Mein Vater hatte wirklich manchmal einen eigenartigen Humor.

Ein paar Polizisten waren mit ein paar Feuerwehrleuten zum Bunker gelaufen, von dem immer noch Rauch aufstieg. Die Sanitäter standen mit den Händen in den Hosentaschen neben dem Schild mit den Hinweisen zu Ebbe und Flut. Andere Polizisten diskutierten. Einer sah immer wieder zu uns herüber, obwohl sich auch noch andere Personengrüppchen am Strand gebildet hatten.

»Ich halt das nicht mehr aus!«, ächzte meine Mutter. »Wir reisen ab.«

»Jetzt sofort?«, fragte ich.

Doch bevor meine Mutter antworten konnte, war einer der Polizisten zu uns herübergekommen und sprach uns an.

Um die Sache zu vereinfachen, gebe ich das ganze Gespräch, das mir mein Vater später übersetzte, gleich auf Deutsch wieder:

Der Polizist wollte zunächst wissen, ob wir nicht die Familie wären, die gestern das Mädchen vermisst hätte. Als wir das bejahten, sah er uns einen Moment lang ziemlich kritisch an und fragte dann, ob die Explosion etwas mit Lisbeths Verschwinden zu tun hätte.

Nein, hätte sie nicht, antwortete mein Vater ziemlich aufgebracht.

Was wir dann hier am Strand verloren hätten.

Wie andere auch habe uns die Explosion geweckt. Wir seien an den Strand gegangen, um nachzusehen, was passiert sei.

Auch der Junge? Der Junge sei doch schon vorher da gewesen. Dabei zeigte der Polizist auf mich.

»Auch der Junge«, erklärte mein Vater und zog mich weg, bevor ich protestieren konnte.

Der Polizist musterte uns noch mal misstrauisch, dann ging er mit hochgezogenen Schultern davon und widmete sich der Absperrung des Geländes. Wir wurden schließlich aufgefordert zu gehen.

»Aber ich hab doch alles gesehen!«, rief ich, als mein Vater mich an der Schulter fasste, um mit mir zusammen zum Bungalow zurückzukehren. »Und gefilmt.«

»Was hast du gesehen? Warum warst du nicht im Bett?«, raunzte er.

»Alles hab ich gesehen. Und ihr seid ja auch nicht im Bett.«

»Ja, weil du nicht im Bett warst. Sonst wär ich jetzt noch

im Bett, das kannst du mir glauben«, ereiferte sich meine Mutter. »Ich halt's hier jedenfalls nicht mehr aus. Wir fahren. Gleich morgen früh.«

»Das werden wir morgen klären«, sagte mein Vater, als hätte er eine geistig verwirrte Person vor sich.

»Aber ich hab doch alles gesehen. Und gefilmt!«, wiederholte ich.

»Ja, und?«, fuhr er mich an.

»Es könnte wichtig für die Polizei sein.«

Mein Vater sah mich schief an. »Du glaubst doch nicht im Ernst, dass die Polizei uns noch irgendein Wort glaubt? Nach dem, was gestern mit Lisbeth passiert ist? Wir können froh sein, wenn wir nicht auf der Stelle verhaftet werden, weil wir Lisbeth in die Luft gejagt haben! Oder aus einem ähnlich absurden Grund. Los, kommt!«

Wir waren in den Bungalow zurück gekehrt. Ich lag im Bett, konnte aber nicht einschlafen, denn ich verstand gar nichts. Meine Gedanken fuhren Achterbahn. Wer hatte den Bunker gesprengt? Die Merde-Nachbarn? Aber wozu? Wenn sie einer geheimen Sache auf der Spur waren, warum taten sie dann etwas so Auffälliges? Oder hatte Jean-Luc etwas damit zu tun? Oder gar sein Großvater? Oder die Joggerin zusammen mit Marc? Und wo waren sie alle hin?

Bestimmt, so gingen meine Gedanken weiter, wären meine Beobachtungen für die Polizei nützlich gewesen. Schließlich wusste ich ja alles – jedenfalls mehr als die meisten und auf jeden Fall mehr als die Polizei. Bildete ich mir jedenfalls ein.

Aber mein Vater hatte wohl recht. Sie würden mir womöglich nicht glauben. Ich war ein Kind. Lisbeth war erst angeblich verschwunden, dann behaupteten wir, sie sei allein abgereist. Wir wirkten zwielichtig. Wir würden uns nur noch mehr verdächtig machen. Und ehrlich gesagt hatte ich keine Lust, den Rest meiner Ferien in einem französischen Gefängnis zu verbringen.

Ach so, dachte ich, Kinder kamen ja wohl nicht ins Gefängnis. Sicher auch nicht in Frankreich. Umso schlimmer, überlegte ich weiter. Dann musste ich womöglich in eine französische Pflegefamilie. Oder ins Heim. Und das bei meinem Französisch! Ich schnaufte tief durch und fand, dass mein Vater ganz klug reagiert hatte.

Jemand schlug gegen unsere Bungalowtür. »Monsieur Maiäröfäär?«

»Au weia«, sagte mein Vater und schlüpfte in seine Shorts, bevor er öffnete.

»Ich halt das nicht mehr aus!«, stöhnte meine Mutter.

Zwei Polizisten polterten herein und sahen sich neugierig in der Wohnung um. Der Einfachheit halber gebe ich das Gespräch auf Deutsch wieder.

»Wo ist das Mädchen?«, fragten sie.

»In Deutschland. Bei ihrem Vater. Sie können gern dort anrufen.« Mein Vater reichte dem Polizisten das Handy. Doch der winkte ab. Stattdessen stellten sie meinen Eltern einige Fragen wegen gestern Abend. Dann wandten sie sich an mich. Wann ich an den Strand gegangen sei.

»Gegen zwölf«, antwortete ich. Mein Vater raufte sich die Haare und machte mir Zeichen, nichts zu erzählen. »Du musst gar nichts sagen. Du bist ein Kind.«

»Ich sag das aber. Übersetze es!«

Mein Vater übersetzte es. Der Polizist fragte weiter:

Warum ich an den Strand gegangen sei. Was ich dann gesehen hätte, wer noch am Strand gewesen sei und wann genau die Explosion erfolgt sei.

Ich beantwortete alles wahrheitsgemäß. Schließlich wandte sich der Polizist noch mal an meine Mutter. Ob wir unsere Nachbarn näher kennengelernt hätten.

»Nein«, erklärte meine Mutter. Zum Glück nicht. Wir hätten von ihnen nur im Durchschnitt neun Mal täglich das Wort *merde* gehört. Und das sei vermutlich nur die Spitze des Eisbergs.

Der Polizist notierte das. Woher wir das wüssten, das mit den neun Mal, wenn wir sie doch nicht kennen würden.

Es sei hier alles sehr hellhörig, antwortete meine Mutter gequält. Aber jetzt habe sie genug von der Fragerei und sie wolle jetzt gerne packen. Wir würden nämlich jetzt abreisen.

So plötzlich? Ob es uns denn hier nicht gefalle.

»Non, pas du tout«, sagte meine Mutter patzig. »Überhaupt nicht.«

Voller Schmerzen erhob sie sich von ihrem Stuhl und ging steif zum Schrank.

»Konntest du nicht ein wenig freundlicher zu dem Polizisten sein?«, meckerte mein Vater, als endlich alle draußen waren.

»Du kannst doch einem Bediensteten des französischen Staates nicht sagen, dass dir sein Land nicht gefällt.«

»Natürlich kann ich das«, sagte meine Mutter, öffnete einen Koffer und schmiss wahllos Kleidungsstücke hinein. »Sie werden uns deswegen schon nicht verhaften.«

Die Heimfahrt war schrecklich. Schrecklich lang, schrecklich heiß – denn natürlich wurde plötzlich das Wetter gut – und schrecklich still. Das Brummen des Motors und das sinnlose Gedudel eines sinnlosen französischen Radiosenders überdeckten das unangenehme Schweigen.

Ich war froh, als wir unser Haus betraten. Es roch nach modrigem Keller, biologischem Bodenputzmittel und dem vergammelten Müll, den wir vor der Reise versehentlich in der Küche hatten stehen lassen. Mein Zimmer war wie immer. Alles war wie immer. Ich rief Lisbeth an.

Natürlich hatte ich ihr schon per SMS von der Explosion berichtet. Ich hatte ihr auch Links zu einer französischen Zeitung geschickt. Nach wie vor suche man nach dem Täter, allerdings gebe es eine Reihe Verdächtiger.

»Na, du Held«, begrüßte mich Lisbeth.

Ich nuschelte irgendetwas. Wenigstens Lisbeth erkannte meine wahre Bedeutung.

»Ich weiß es jetzt«, verkündete Lisbeth.

»Was?«, fragte ich.

»Alles ... na ja, fast alles.«

Natürlich, dachte ich.

»Gérard Vitrac hat unseren Urgroßvater getötet.«

Ich schwieg. »Nee«, widersprach ich dann.

»Doch.«

»Aber ...«

Das durfte nicht sein. Unser Urgroßvater war ein gemeiner Nazi gewesen und Gérard Vitrac ein armer Zwangsarbeiter. Unser Urgroßvater war böse und nicht Gérard Vitrac.

»Es ist aber so«, sagte Lisbeth, als könne sie meine Gedanken durchs Telefon lesen. »Es war Notwehr. Hätte Vitrac nicht Albert Sterzing getötet, hätte der alle anderen Zwangsarbeiter umgebracht. Er wollte alle Mitwisser beseitigen.«

»Welche Mitwisser denn?«

»Albert Sterzing hatte in seiner Zeit im besetzten Frankreich allen möglichen Franzosen Gold und Schmuck weggenommen.«

»Wie? Er kann doch nicht einfach zu den Leuten gegangen sein und gesagt haben: Gib mir deinen Schmuck!«

»Nein, nein. Er hat es enteigneten Leuten weggenommen. Juden zum Beispiel. Er hat auch Häuser geplündert. Da er ahnte, dass der Krieg verloren gehen würde und er das Gold nicht aus Frankreich nach Deutschland würde mitnehmen können, beschloss er, das Gold in den Bunker einzubetonieren. Die Zwangsarbeiter bekamen das mit. Um keine Mitwisser zu haben, die sich das Gold nach Kriegsende holen würden, wollte er sie erschießen. Aber bevor er das tun konnte, stieß Gérard Vitrac ihn in den flüssigen Beton. Die fünf anderen französischen Zwangsarbeiter halfen, das Ganze zu vertuschen, sie behaupteten, er sei im Atlantik schwimmen gewesen und ertrunken. Keine Ahnung, wie sie es angestellt hatten, dass man ihnen glaubte. Jedenfalls verriet nie jemand ein Wort über die Sache. Vier der damaligen Zwangsarbeiter sind bereits gestorben, nur Gérard Vitrac lebt noch. Erst als alle anderen tot waren, hat er Dr. Silvia Unstetten davon erzählt, die wiederum versprechen musste, die Wahrheit erst nach seinem Tod bekannt zu geben.

Dr. Silvia Unstetten hat aber ihr Versprechen gebrochen und meiner Mutter die Unterlagen geschickt. Doch ich glaube nicht, dass die sie noch gelesen hat. Das Paket kam drei Tage vor ihrem Tod. Es lag ungeöffnet in dem Schrank, in dem wir alle ihre persönlichen Sachen aufgehoben haben. Irgendwie ist mir dieses Paket im Urlaub plötzlich eingefallen. Und irgendwie wusste ich: Ich muss sofort zurück. Na ja, und deswegen bin ich eben gefahren.«

»Aber warum konntest du mir das nicht gestern am Telefon sagen?«

Lisbeth antwortete nicht und sie schnaufte schon wieder so komisch. »Vielleicht kann ich's dir jetzt sagen. Jetzt, wo der Bunker ...«

»Jetzt wo der Bunker gesprengt ist? Oder was?«

»Kommst du nicht selber drauf?«

»Was ist denn damit?«

»Denk doch mal nach. Unser Urgroßvater wollte da doch was verstecken.«

»Du meinst ...?«

»Ja, genau. Da sind sie alle hinterher. Und deswegen will ich nicht am Telefon darüber sprechen.« Lisbeth machte eine Pause, dann fuhr sie mit einer anderen Stimme, einer weniger geheimnisvollen, fort. »Aber man könnte natürlich auch noch was anderes finden …«

»Du meinst … seine … Knochen?«, sagte ich, und weil mir das unangenehm war, fuhr ich hastig fort: »Oder mumifiziert eine Leiche in Beton?«

»Das weiß ich doch nicht!« Lisbeth klang empört.

»Wieso? Du weißt doch sonst immer alles.«

Eine Pause entstand. Ich schämte mich dafür, dass ich das gesagt hatte. Ich schämte mich auch, dass ich überhaupt stritt. Bei dem Thema! »'tschuldigung«, presste ich heraus.

»Du musst nicht immer denken, ich sei so viel schlauer als du. Das stimmt nämlich nicht. Du findest doch auch alles heraus. Bestimmt wirst du mal Agent.«

Wieder entstand eine Pause. Sie war noch unangenehmer. Eine Sache beschäftigte mich, seit ich von dem Familienstreit wusste. »Lisbeth, sag mal …«

»Ja?«

»Meinst du, das Böse steckt auch in uns? Ich meine, wegen unserem Urgroßvater?«

»Keine Ahnung. Vielleicht.«

Wieder Pause. Noch, noch unangenehmer.

»Aber das Haus. Das Haus, in dem wir wohnen. Ist es von gestohlenem Gold bezahlt worden?«

»Vielleicht.«

Die Pausen hatten den allerhöchsten Unerträglichkeitsgrad erreicht.

»Dann müssten wir da ausziehen?«

»Vielleicht.«

Blue Summer

Es waren die letzten Ferientage. Alle Bekannten sprachen uns an, weil wir knallbraun geworden waren. »Bestimmt ein toller Urlaub«, sagten sie. »Ihr seht echt erholt aus.«

Ich räumte auf. Den Film vom gesprengten Bunker speicherte ich auf meinem Laptop, die gesammelten Muscheln füllte ich in ein leeres Marmeladenglas. Einen vertrockneten Seestern pinnte ich an die Wand.

»Spinnst du?«, fragte meine Mutter. »Was meinst du, wie der bald stinkt.«

Ich schnüffelte daran. Er stank gar nicht. Er roch nach Meer.

Den Pinienzapfen legte ich ins Bücherregal, in einer Seitentasche fand ich die übrig gebliebene Schnur von Lisbeths Bodyboard. Mir fiel das Buch wieder ein, das ich aus Irina Solotowas und Percy Lee Silvermans Bungalow mitgenommen hatte. *Blue Summer.* Ich hatte es ganz unten in die Reisetasche gelegt. Bis dahin war meine Mutter noch nicht vorgedrungen. Sie war erst bei den schmutzigen Socken.

Wieder schlug ich es auf, wieder überforderte mich bereits der erste Satz. Er begann mit *Below*. Ich klappte es zu und dann wusste ich es. Ich würde es Lisbeth schicken.

Begeistert von meiner tollen Idee, steckte ich es in einen Umschlag, adressierte ihn und suchte im Schreibtisch meiner Mutter nach passenden Briefmarken. Dann warf ich ihn ein.

Doch kaum hatte ich den Umschlag mit dem Buch eingeworfen, wurde mir heiß und kalt. Was, wenn Lisbeth gekränkt war? Wenn das Buch sie zu sehr an ihre Mutter erinnerte? Wenn sie mir das Geschenk übel nahm und mich taktlos fand? Ich steckte meine Hand in den Briefschlitz, aber ich fühlte nur Luft. Mit Gewalt versuchte ich, die Hand weiter hineinzuschieben. Doch da näherte sich ein Mann. Hastig zog ich die Hand wieder heraus.

Grübelnd ging ich nach Hause, räumte weiter herum und suchte im Internet nach Informationen über die Explosion am Bunker. Es gab nichts, was ich nicht schon wusste.

Von da an wartete ich jeden Tag auf einen wutentbrannten Anruf von Lisbeth. Doch es kam keiner. Das war fast noch schlimmer. Bestimmt wollte sie nie wieder mit mir reden.

Das Internet gab mir den Rest. Es stand da einfach nichts. Immer wieder stieß ich auf dieselben nichtssagenden Artikel; Explosion, Rätsel, Bunker und so weiter. Alle schrieben voneinander ab. Und Bescheid wusste ohnehin niemand.

Der erste Schultag traf mich wie ein Schlag. Immerhin lenkte er mich von meinem Bunkerproblem ab. Was Lisbeth betraf und das Buch, das ich ihr geschickt hatte, so hatte ich mir ein Ultimatum gesetzt, das genau heute ablief. Wenn sie sich bis heute Nachmittag nicht meldete, würde ich eben anrufen.

Wir hatten ein neues Klassenzimmer. Auch die Lehrer waren alle neu und sie wollten unerhörte Dinge von uns; wie gelähmt registrierte ich, was auf mich zukam. Das Schlimmste waren die Referate. Sogar in Mathematik sollten wir eines halten.

»Wie ihr wisst«, begann schließlich unser Französischlehrer die erste Stunde, »gibt es in Frankreich 95 Departements. Zuzüglich die fünf überseeischen. Schon mal was von den überseeischen Departements gehört? Konrad? Der Großmeister des Französischen?«

»Äh ...«, stotterte ich, »La Guadeloupe, la Martinique, la Guyane, la Réunion et la ... äh ... weiß ich nicht mehr.«

Meinem Lehrer, der wahrscheinlich von mir nur drei vollkommen hilflose »Ähs« erwartet hatte, fiel das fünfte Departement vor lauter Staunen auch nicht mehr ein.

»Ja ... äh, sehr gut, Konrad. Was doch so ein kleiner Frankreichurlaub bewirkt. Toll, ich sag's ja immer wieder! Und jetzt sucht sich jeder ein Departement aus, über das er im Rahmen eines Referats vor der Klasse gerne erzählen möchte. Auf Französisch, natürlich.«

Alle stöhnten.

Ich wählte die Gironde. Auf dem Autokennzeichen war das die 33.

Kaum war ich aus der Schule nach Hause gekommen, klingelte das Telefon. Ich starrte auf die Nummer auf dem Display. Es war Lisbeth. Ich bin nicht da, dachte ich. Doch dann griff ich nach dem Telefon. Es half ja nichts.

»Weißt du es schon?«, rief Lisbeth aufgeregt in mein Ohr. »Die Polizei hat Gold gefunden. Im Bunker.«

»Was?«

»Gold! Im Bunker! Verstehst du?«

Natürlich verstand ich.

»Es war vor allem Schmuck«, fuhr sie fort. »Eheringe, Broschen, ein Collier.«

»Nur?« Ich war etwas enttäuscht. Irgendwie hatte ich Münzen oder Goldbarren erwartet. *Schmuck* klang so unbedeutend.

»Es kommt auf die Perspektive an. Für die Leute damals waren das wertvolle Dinge. Er hat sie ihnen weggenommen.«

Ich schwieg beschämt. Gleichzeitig ärgerte ich mich über Lisbeth, weil sie mich zurechtgewiesen hatte. Aber es war eben wirklich kein Schatz wie aus einem Schatzsucherbuch. Es waren persönliche Schmuckstücke. Womöglich waren Namen in die Eheringe graviert, womöglich hatte jemand das Collier seiner Frau zum Hochzeitstag geschenkt, womöglich waren es die Ohrringe eines kleinen Mädchens. Und dann war mein Urgroßvater gekommen.

»Und außerdem«, sagte Lisbeth, »ist das eh nur das, was er wegen des Krieges nicht mehr aus Frankreich rausbekam. Das meiste hatte er sich ja schon geholt und sich davon das Haus gebaut. Euer Haus.«

»Es ist nicht nur unser Haus. Es ist auch euer Haus. Deine Mutter ist genau so eine Enkelin wie meine Mutter.«

»Aber ihr wohnt drin.«

»Na und?« Ich war sauer. Was warf mir Lisbeth vor? Ja, sie wohnte nicht drin. Ihre Mutter war tot. Die konnte gar nicht mehr irgendwo wohnen. Aber ich, ich konnte dafür doch nichts.

»’tschuldigung«, murmelte Lisbeth. »Ich wollte nichts Gemeines sagen. Es … es sollten nicht auch wir noch streiten. Und eigentlich … wollte ich dir noch was ganz anderes erzählen. Stell dir vor, es war Jean-Luc!«

»Was war Jean-Luc?«, nuschelte ich. Ich war immer noch sauer, dass Lisbeth alles auf uns schob.

»Er hat den Bunker gesprengt. Das heißt, er wollte es. Richtig gelungen ist es ja nicht. Ich hab Fotos im Internet gefunden. So einen Bunker kriegt man ja nicht kaputt. Aber immerhin hat er den letzten Wunsch seines Großvaters erfüllt. Schau es dir an.« Sie nannte mir die Adresse einer französischen Zeitung.

Die Fotos dort waren ganz neu. Besonders zerstört sah der Bunker tatsächlich nicht aus.

Eilig klickte ich mich durch die Informationen. Aber weil alles auf Französisch war, kapierte ich natürlich nichts. »Ich versteh das nicht mit dem letzten Wunsch«, murmelte ich.

»Gérard Vitrac ist am 16. August gestorben«, erklärte Lisbeth. »Danach hat Jean-Luc den Bunker gesprengt.«

Der 16. August! In meinem Kopf ratterte es. War das nicht der Tag, an dem ich im blauen Haus durch den Schacht hinter dem Schrank gepurzelt war? War Gérard Vitrac gestorben, weil ich ihn erschreckt hatte? Nein. Ich war ja am nächsten Tag noch mal im Haus gewesen und da lebte er noch.

»Woran ist er denn gestorben?«, fragte ich Lisbeth.

»Keine Ahnung. Altersschwäche? Es muss wohl am späteren Nachmittag passiert sein.«

»Sie haben im Bunker Gold gefunden«, erzählte ich beim Abendessen. Ich hatte mich mit Lisbeth noch über dies und das unterhalten, die ganze Zeit hatte ich darauf gewartet, dass sie auf das Buch *Blue Summer* zu sprechen kam, aber sie erwähnte es mit keinem Wort. Entweder hatte sie es nicht bekommen oder sie nahm mir das Geschenk nicht allzu übel.

Seit unserer Rückkehr hatte ich mit meinen Eltern kaum über den Urlaub gesprochen. Nach anderen Reisen druckte meine Mutter die schönsten Fotos aus und hängte sie über dem Esstisch an die Wand. Diesmal hingen da keine.

»Mmh«, machte sie bloß, als ich das Gold erwähnte. Sie steckte schon wieder metertief in ihrer Arbeit und hatte tiefe blaugraue Ringe unter den Augen. Die Präsentation der neuen Sommerkollektion stand an. Die wenige freie Zeit nutzte sie, um aufzuräumen. Gerade waren die oberen Schränke im Flur dran, in denen sich über Jahre altes Gerümpel angesammelt hatte. Ich verstand das nicht. So unordentlich war es doch gar nicht bei uns. Aber sie füllte eine Kiste nach der anderen und brachte sie zum Recyclinghof. Trotz ihres Rückens.

»Hab ich mir schon gedacht«, fügte sie ihrem »Mmh« nuschelnd hinzu. Dann stand sie auf und hatte es plötzlich sehr eilig, das Geschirr in die Küche zu tragen.

Auch mein Vater sagte nicht viel dazu. Ich sah ihn in letzter Zeit wenig. Er hatte sein kleines Übersetzungsbüro, das bislang im Erdgeschoss unseres Hauses angesiedelt gewesen war, in die Innenstadt verlegt. Jeden Morgen ging er früh aus dem Haus und kam erst abends wieder.

So trieb jeder von uns in seinem eigenen kleinen Schiffchen durch die Untiefen seines eigenen kleinen Lebens; jeder in einer anderen Strömung und, wie mir schien, jeder in eine andere Richtung. Von Lisbeth hörte ich eine gute Woche lang nichts. Mein gefürchtetes Französisch-Referat rückte näher und näher.

Ich verschob die Arbeit, die vor mir lag, von einem Tag auf den anderen. Vorträge waren mein absoluter Schwachpunkt. Schon der Gedanke, mit meinen viel zu langen Armen vor der ganzen Klasse zu stehen und frei auf Französisch sprechen zu müssen, lähmte mich. Auch das Zusammentragen von Informationen fiel mir schwer, denn ich konnte Wichtiges nicht von Unwichtigem unterscheiden, und etwas wegzulassen oder zusammenzufassen, machte mir Schwierigkeiten.

Außerdem war ich abgelenkt. Immer noch wusste ich viel zu wenig über den Bunker und immer wieder fiel mir Dr. Silvia von Unstetten ein. Warum war sie gestorben? Warum stand darüber nichts im Internet?

Auch die Namen Irina Solotowa und Percy Lee Silverman gab ich immer und immer wieder ein, genau wie Marc Schöneberg. Natürlich fand ich irgendwelche Irina Solotowas und Percy Lee Silvermans, aber nicht diese. Kein Marc Schöneberg wohnte in Hünfeld, keiner war Schriftsteller. Auch über Marjorie Cotin fand ich nicht mehr, als ich schon wusste.

Dann, nach etwa einer Woche, rief mich Lisbeth an.

»Jetzt habe ich es ausgelesen.«

Ich wusste nicht gleich, wovon sie sprach.

»Danke übrigens«, fuhr sie fort.

»Wofür?«

»Na, für das Buch.«

»Ach so, äh … das Buch.«

»Aber das mit dem Artikel hättest du ruhig dazuschreiben können. Ich hab ihn erst ganz zum Schluss entdeckt.«

»Was für einen Artikel?«

»Den du reingelegt hast.«

»Ich hab nichts reingelegt.« Ich wusste wirklich nicht, was sie meinte.

Lisbeth schien zu überlegen. »Du hast ihn nicht reingelegt?«, fragte sie dann.

»Nein. Ich hab gar nichts irgendwo reingelegt.«

»Aber das kann doch kein Zufall sein.«

»Ja, was denn eigentlich?«

»Der Artikel, der in dem Buch lag.«

»Ich hab dir das Buch so, wie ich es aus Frankreich mitgenommen habe, geschickt.«

»Hä?« Lisbeth schien nicht zu begreifen. »Aber wieso aus Frankreich?«

»Na ja, ich hab das Buch in der Wohnung der Merde-Nachbarn gefunden und eingesteckt. Warum ich das gemacht hab, weiß ich nicht. Und weil ich auch nicht wusste, was ich mit dem Buch tun soll, habe ich es dir geschickt. Ich dachte, es würde dich vielleicht freuen. Aber dann dachte ich, vielleicht ärgert es dich ja auch, ach … ich … War es verkehrt? Hätte ich es lieber nicht schicken sollen?«

Lisbeth sagte eine ganze Weile nichts.

»Bist du jetzt sauer?«

Lisbeth sagte wieder nichts.

»Ich meine, weil es dich vielleicht zu sehr erinnert ...«

Plötzlich fing Lisbeth an zu lachen. Sie kriegte sich gar nicht mehr ein. Und schließlich japste sie: »Ich bin so blöd. Ich bin so ... Weißt du, was ich dachte? Ich dachte, du hättest das Buch im Internet bestellt und den Artikel über die Merde-Nachbarn reingelegt.«

»Ja, was für einen Artikel eigentlich?« Ich begriff immer noch nicht, was sie meinte.

»Da liegt ein älterer Zeitungsartikel drin. Über unsere Nachbarn. Aus irgendeiner Zeitung. Über Schatzsuchen als Hobby. Unsere Merde-Nachbarn sind ganz normale Franzosen, Hobbyschatzsucher eben. Weil sie aber in der Szene so bekannt sind, suchen sie ihre Schätze inzwischen unter falschem Namen.«

»Dann haben sie also von dem Gold gewusst?«

»Keine Ahnung. Auf jeden Fall hatten sie wohl Kontakt zu der Joggerin, also Marjorie Cotin, aufgenommen. Auf dem Zeitungsartikel waren nämlich mit Bleistift ihr Name und ihre Mobilnummer notiert. Irgendwie müssen sie herausgefunden haben, dass Marjorie Cotin sich wissenschaftlich mit dem Bunker befasst hat. Und vielleicht hat sie sich auch dafür interessiert, ob man in dem Bunker etwas findet. Vielleicht will sie ja auch die Forschungen von Dr. Silvia Unstetten fortführen.

»Oder sie wollte auch etwas abhaben von dem Schatz ...«

»Nein, nein, so schätze ich sie nicht ein. Eher wollte sie

die beiden zur Rede stellen. Vielleicht dachte sie, die beiden könnten etwas mit dem Tod von Dr. Silvia Unstetten zu tun haben – oder zumindest etwas darüber wissen.«

Ich schwieg. Die Gedanken kreiselten in meinem Kopf herum. Die Merde-Nachbarn waren mehr oder weniger harmlose Schatzsucher. Dr. Silvia Unstetten und Marjorie Cotin Wissenschaftlerinnen. Und Marc …? Was war mit Marc? Was war mit Marc und Marjorie? Warum hatten sie zusammen einen Schubkarren gekauft? Vielleicht hatte er ja auch mithilfe eines Schubkarrens Sprengstoff transportieren wollen. Nur Jean-Luc war ihm zuvorgekommen.

Irgendwie war ich beruhigt, dass ich immer noch der Alte war: Sinnlose Ideen hatte ich immer noch.

Das Referat

»Eine Mutter hat mir erzählt, ihr sollt in Französisch ein Referat über ein Departement eurer Wahl halten, stimmt das?« Meine Mutter platzte in mein Zimmer.

»Mmh.«

»Ihre Tochter ist übermorgen dran mit den Ardennen.«

»Mmh.«

»Und welches Departement hast du?«

»Die Gironde«, murmelte ich und sah meine Mutter dabei nicht an.

Sie runzelte die Stirn und verschränkte die Arme. »Also, du kannst natürlich wählen, welches Departement du möchtest, aber wenn du willst, dass ich dir beim Referat helfe, dann such dir ein anderes!«

»Ich brauch keine Hilfe«, brummte ich, obwohl das ganz und gar nicht stimmte. Meine Mutter hatte mir bei jedem Referat geholfen. Sie malte mir sogar die Plakate, denn ich war nicht einmal in der Lage, eine Überschrift gerade zu unterstreichen.

»Ich mein ja nur. Noch könntest du wechseln. «

»Nein, das ist alles schon festgelegt.«

»Auch der Termin?«

»Ja.«

»Und wann ist der?«

»Am 17.«

»November? Konrad! Lass dir doch nicht alles aus der Nase ziehen.«

»Nein, Oktober.«

»Was? Schon? Hast du schon angefangen?«

»Na ja ... ein bisschen.«

»Also nicht.«

»Doch, schon.«

Meine Mutter seufzte. »Konrad, so geht das nicht. Du kannst nicht einen Tag vorher mit so was anfangen. Du träumst zu viel. Nimm dir mal ein Beispiel an Lisbeth. Die macht alles freiwillig. Apropos Lisbeth: Ich habe eine Menge komische Namen gehört, als ihr telefoniert habt. Was hattet ihr denn so Wichtiges zu bereden?«

»Nichts.«

»Das war aber ein langes Nichts.«

»Mann, Mama. Du redest doch auch manchmal stundenlang am Telefon!«

»Aber nicht über nichts.«

»Doch!«

Meine Mutter verschränkte die Arme. »Also, soll ich dir jetzt mit dem Referat helfen oder nicht?«

»Nein.«

»Gut, dann nicht. Aber ich hab's dir angeboten.«

Am Abend kam mein Vater aus dem Büro zurück. Er schwenkte ein Buch: »Seht mal, was ich entdeckt habe!«

Mein Vater legte das Buch auf den Küchentisch zwischen die Essteller.

»Pass auf, sonst wird alles voll Soße.« Meine Mutter stellte einen dampfenden Topf mit Tomatensoße auf den Tisch. Ich griff nach dem Buch.

Das Cover zeigte ein sehr helles Bild vom Strand, die Luft erfüllt mit diesen winzigen Wassertröpfchen, die an manchen Tagen wie ein feiner Nebel über dem Sand hingen. Das Meer war tiefblau; und im Dunst spazierte am Strand eine Frau in einem getupften Kleid. Das Kleid war rot, die Tupfen weiß, ihre Haare wehten im Wind. Sie kam mir bekannt vor. Im Hintergrund standen zwei Jugendliche bis zu den Knien im Wasser. Der Junge mit dunkler, knielanger Badehose zeigte auf den Bunker, der fast ganz vom Wasser bedeckt war, das Mädchen stand daneben und blickte genau in die andere Richtung. Sie hatte buschiges Haar und trug einen türkisfarbenen Badeanzug. Ich kniff die Augen zusammen. Das Mädchen und der Junge waren sehr winzig auf dem Bild, umgeben von Strand, Himmel und Meer. Sie nahmen vielleicht zweieinhalb Zentimeter auf dem Buchcover ein und waren nur verschwommen zu sehen, die Gesichter nicht zu erkennen. Trotzdem war ich mir ganz sicher: Das waren wir, Lisbeth und ich.

Das Buch hieß *Wasserland.* Der Autor war Markus Schonberg.

»Das sind doch wir!«, sagte ich.

Mein Vater setzte die Lesebrille auf und hielt sich das Buch vor die Nase. »Wer wir?«

»Lisbeth und ich.«

»Und diese Frau? Das ist doch nicht Anja!«

Meine Mutter riss uns das Buch aus der Hand. »Nein! Das bin nicht ich. Das ist sie.«

»Wer?«

»Die Joggerin.«

Mein Vater nahm meiner Mutter das Buch weg. »Tatsache! Aber sie joggt ja gar nicht.« Er drehte das Buch in seinen Händen und las den Klappentext.

Noch bevor er fertig gelesen hatte, nahm meine Mutter ihm das Buch weg. »Ist das von diesem Marc?«

»Aber der hieß doch Schöneberg«, wandte ich ein.

»Vielleicht haben wir es ja falsch verstanden«, mutmaßte mein Vater.

»Ein Sommer am Atlantik …«, las meine Mutter vor. *»So blau wie das Meer*. Wie romantisch, aber Moment mal. Darf er das überhaupt?«

»Was?«, wollte ich wissen.

»So ein Foto verwenden? Da seid ja ihr drauf.«

»Man erkennt euch nicht«, sagte mein Vater. »Ich glaube, das geht.«

»Er hätte uns immerhin Bescheid sagen können. Na ja, besonders sympathisch war er ohnehin nicht. Schmieriger Typ. Hier, das passt: *Eine einfühlsame Liebesgeschichte zwischen einer jungen Wissenschaftlerin und einem Bestsellerautor in einer schweren Lebenskrise … Austern und Wein … meterhohe Wellen und die Weite des Ozeans …*« Meine Mutter legte das Buch weg. »Gute Güte. Aber das Cover ist wirklich ganz schön.«

Am Abend setzte ich mich hin, um an meinem Referat zu arbeiten. Ich schrieb fünf Stunden ununterbrochen.

»Endlich!« Lisbeth brüllte mir regelrecht ins Ohr. Ich saß über meinen Hausaufgaben. »Der Polizeibericht. Ich hab mich halb totgesucht.«

Lisbeth redete weiter und nannte mir am Telefon eine Internetseite, die ich mir unbedingt sofort ansehen sollte. Ich tat, was sie mir sagte, doch natürlich verstand ich nichts. War ja alles auf Französisch.

»Es war ein Unfall!«, schrie sie.

»Was denn eigentlich?«

»Der Tod von Dr. Silvia Unstetten.«

Ich versuchte, aus dem französischen Text irgendwelche Informationen zu ziehen. Immerhin verstand ich *bunker*, *Les Sables* und *police*. Und eine *historienne allemande* war wahrscheinlich eine deutsche Historikerin.

»Sie ist ertrunken. Es hat sich noch eine Augenzeugin gemeldet, dreimal darfst du raten, wer!«

»Die Freundin von Jean-Luc?«

»Nein.«

»Madame Didier?«

»Nein.«

»Marjorie Cotin?«

»Nein. Unsere Merde-Nachbarin!«

»Aber die ist doch erst nach uns in den Bungalow neben uns gezogen.«

»Die waren schon länger da und haben woanders gewohnt.

Sie hat gesehen, wie Dr. Silvia Unstetten bei Flut allein raus zum Bunker geschwommen ist. Aber sie hat sich nichts dabei gedacht. Ein paar Tage später hat sie in der Zeitung gelesen, eine Frau sei am Bunker ertrunken. Sie hat sich nicht gemeldet, weil sie ein schlechtes Gewissen hatte. Sie fürchtete, man könnte ihr Vorwürfe machen, weil sie nicht die Rettungsschwimmer alarmiert hatte. Und schließlich hat sie sich jetzt doch noch bei der Polizei gemeldet, weil sie ein noch schlechteres Gewissen hatte, sich nicht gemeldet zu haben.«

Auch an diesem Abend schrieb ich fünf Stunden an meinem Referat. Das tat ich von nun an jeden Abend.

»Geschafft!«, rief meine Mutter eine Woche später, stellte eine Flasche Champagner auf den Tisch und holte Sektgläser aus dem Schrank. »Meine Kollektion war ein voller Erfolg!« Sie strahlte uns an.

Dann warf sie einen meerblauen Spitzen-BH über den Tisch. Mein Vater fing ihn auf. »Na dann!«, sagte er.

Meine Mutter wedelte mit ihren anderen Entwürfen. »Hier! Alles in Blau, blau wie der Atlantik. Sportlich mit Streifen, elegant in Muschelkalk. Meine Chefs waren begeistert.«

Mein Vater warf einen bewundernden Blick auf die feinen Spitzen des Büstenhalters in seinen Händen. »Und was ist mit den String-Tangas? Sind die braunalgenfarben?«

»Nein«, sagte meine Mutter. »Die sind golden. Prost!« Sie hob ihr Sektglas.

Ich trank einen Schluck Orangensaft und dachte an mein Referat. Wenn das doch auch schon vorbei wäre! Jeder sollte eine Viertelstunde lang frei sprechen. Ohne *Powerpoint*. Es war eine Katastrophe. Das Ganze zählte so viel wie eine Klassenarbeit.

»Ja, und dann«, fuhr mein Vater fort, »können wir gleich noch einmal anstoßen.«

Meine Mutter sah ihn an. »Hat es geklappt?«

Mein Vater nickte und schenkte sich nach. Meine Eltern lächelten sich an.

»Was hat geklappt?«

Meine Eltern lächelten wieder. Dann küssten sie sich.

»Ja, was hat denn nun geklappt?«

»In einem Monat ziehen wir um. Die Wohnung ist gleich um die Ecke. Hat zwar keinen Garten, aber dafür einen Riesenbalkon.«

»Aha?«

Meine Eltern strahlten immer noch. Wie konnte man strahlen, wenn man von einem ganzen Haus mit Garten in eine Wohnung mit Balkon umzog? Und wozu das Ganze?

»Und dann heiraten wir«, fuhr mein Vater fort. »Noch vor Weihnachten.«

»Aber wieso?«

Meine Eltern sahen mich verwirrt an. Dann lachte mein Vater und sagte: »Na, weil wir uns lieben!«

Ich wurde rot. Ich hatte nicht die Hochzeit gemeint, sondern den Umzug.

»Merkt man das nicht?«, fragte meine Mutter.

»Äh ... ehrlich gesagt ... nein.«

Meine Mutter wirkte eine Spur enttäuscht. Dann sagte sie:

»Aber das mit dem Haus … das verstehst du? … Ich will es nicht mehr haben. Eine Flüchtlingsorganisation bekommt es.« Sie blickte meinen Vater an.

»Ja, genau«, sagte der.

Das mit dem Haus verstand ich.

An diesem Abend schrieb ich bis weit über Mitternacht. Dann war ich fertig. Mein Referat war ein ganzer Roman geworden.

Martina Wildner

Königin des Sprungturms

Roman, 216 Seiten (ab 11), Gulliver TB 74578
Deutscher Jugendliteraturpreis
Buch des Monats der österreichischen AG Kinder- und Jugendliteratur
Ebenfalls als E-Book erhältlich (74545)

Die 12-jährige Nadja kennt kein Leben ohne Karla. Tag für Tag gehen sie zum Sprungtraining – Auerbachsalto, Delfinkopfsprung. Nadjas Sprünge sind beeindruckend, aber Karla ist die Königin des Sprungturms, die die Leute zum Verstummen bringt. Doch von einem Tag auf den anderen gelingen Karla keine Sprünge mehr …

Stefanie Höfler

Mein Sommer mit Mucks

Mit Vignetten von Franziska Walther
Roman, 140 Seiten (ab 11), Gulliver TB 74725
Nominiert für den Deutschen Jugendliteraturpreis
Leipziger Lesekompass
Ebenfalls als E-Book erhältlich (74546)

Die eigenbrötlerische Zonja lernt im Schwimmbad Mucks kennen, der aussieht wie ein Außerirdischer. Aber irgendwas stimmt überhaupt nicht mit ihm. Und es dauert diesen ganzen verrückten Sommer, bis Zonja herausfindet, welches Geheimnis er mit sich herumträgt.

GULLIVER

www.beltz.de
Beltz & Gelberg, Postfach 10 01 54, 69441 Weinheim

Martina Wildner

© privat

Martina Wildner, geboren 1968, im Allgäu. Nach einigen Semestern Islamwissenschaften studierte sie an der Fachhochschule Nürnberg Grafikdesign. Sie lebt als freie Autorin mit ihrer Familie in Berlin. Bei Beltz & Gelberg erschienen von ihr u.a. die Romane *Jede Menge Sternschnuppen* (Peter-Härtling-Preis), *Das schaurige Haus* (nominiert für den Deutschen Jugendliteraturpreis) und *Die Königin des Sprungturms* (Deutscher Jugendliteraturpreis).